Gleich zu Anfang ein persönliches Wort von mir zum Buchtitel und zu den Geschlechtern, um Missverständnisse im Ansatz zu vermeiden

Er, der Titel, klingt ausgesprochen männlich, da habt ihr Recht. Mir ist sehr wohl bewusst, dass Skipperinnen mindestens ebenso gut oder genauso weniger gut drauf sind wie die Herren am Rad oder an der Pinne. Ich habe auch sehr lange überlegt, wie ich den Buchtitel wählen soll. Ehrlich gesagt, mir ist einfach nichts Besseres eingefallen, was in Kurzform das zum Ausdruck bringen könnte, was eben „im Buch drinnen ist". Und ehrlich gesagt, „Freizeit-Kapitäne, Kapitäninnen und Crewmitglieder*innen", das war mir dann doch zu unheimlich. Außerdem ist die Wortanzahl bei einem Buchtitel sehr begrenzt.

Also, schaut einfach genau hinein, in das Buch, dann werdet ihr sehen, dass Frau Kapitän und auch die weibliche Crew gut vertreten sind. Also, nichts für ungut, ich wollte nur einen „Knoten" vermeiden.

Impressum:

Gerhard Clemenz

Freizeit-Kapitäne erzählen ihre Erlebnisse
staunen – lächeln - wundern
1. Auflage 2021

Texte :	Gerhard Clemenz
Anmerkungen:	Gerhard Clemenz
Gestaltung/Layout:	Gerhard Clemenz
Fotos:	Elke und Gerhard Clemenz
Lektorat:	Elke & Gerhard Clemenz GbR
Redaktion:	Elke & Gerhard Clemenz GbR
Umschlagsbild:	Elke & Gerhard Clemenz GbR

1. Auflage 2021 Clemenz, Gerhard
Herstellung und Verlag BoD - Books on Demand, Norderstedt
ISBN 978-3-753-40797-5

Autorenkontakt:
gerhard.clemenz@web.de

Freizeit-Kapitäne
erzählen ihre Erlebnisse

staunen - lächeln - wundern

Gerhard Clemenz

Für meine liebe Bord-Frau Elke, und somit mit mir gemein sam die gesamte Crew auf unsere"m" Albatros. Sie hat alles was hier erzählt wird selbst miterlebt und mitgehört, über manches gestaunt, gelacht oder den Kopf geschüttelt und sich nur gewundert. Scheinbar gibt es nichts, was es nicht gibt.

Inhalt

Ob wirklich immer alles so stimmt?

Zehn Meter hohe Wellen, 15 Knoten ‚Speed und das nur mit der Genua, fast durchgekentert, dem Weißen Hai nur knapp entkommen, mit einer riesigen Wasserhose Achterbahn gefahren oder von Blitzen getroffen und doch überlebt.. Aber, „alles im Griff.auf dem (fast) sinkenden Schiff" – meinte schon Udo Lindenberg in einem seiner vielen Songs.

Ja, ob wirklich immer alles so stimmt was da so erzählt wird ist natürlich die große Frage. So manche oder mancher an Bord hat schon einen Delfin mit einem Hai verwechselt, weil dieses freundliche Tierchen ebenso eine Rückenflosse hat, die aber doch ganz anders aussieht. Und ein Hai ist noch lange kein Weißer Hai und, obwohl ich eigentlich keinem dieser Artgenossen im Wasser begegnen möchte, sind doch viele davon völlig ungefährlich und nicht angriffslustig. Was die Wellenhöhe angeht, ist ihre Einschätzung wirklich nicht einfach und zwischen drei Meter und fünf Meter zu unterscheiden gehört eine gehörige Portion Sachverstand. Zugegeben, wenn so eine wilde Dünung Achtern auf das Heck zurollt kommt man schon ins Grübeln und Blitze gehören nun wirklich auch nicht zu meinen Freunden.

Aber um diese Dinge soll es hier nicht gehen. Ich will einfach Erlebnisse, Geschichten und Erfahrungen von Freizeitkapitänen, Kapitänsfrauen oder Crewmitgliedern präsentieren. Viele davon als kleine Episoden mit einem kräftigen Schuss Humor – und vielleicht mit dem kleinen Nebeneffekt, den ein oder anderen „Fehler" selber zu vermeiden.

Alles begann in einem Restaurant

Wir, das sind meine Frau Elke und ich, sitzen gemütlich am Tisch eines Restaurants im Süden Europas, mit am Tisch ein uns unbekanntes Pärchen. Elke und ich unterhielten uns angeregt über die Wetterlage der kommenden Wochen und über die Frage, wann wir aus unserer Marina auslaufen werden. Unser Gespräch scheint auf Interesse gestoßen zu sein, denn schon wurden wir gefragt, ob wir auch Segler seien. Nach einem bestätigenden „Ja" kam es dann unvermittelt zu einer Unterhaltung. Zugegeben, meine Masche ist es nicht, sich über Boote, Wohnmobile oder ähnliches zu unterhalten. Na ja, und so kam es eben doch zum Austausch einiger Erlebnisse. Die Idee, doch einmal etwas genauer hinzuhören und das Ganze festzuhalten war damit geboren und hat mich letztlich veranlasst, Erlebnisse, Beobachtungen und Erzählungen vieler Yachties aller Altersklassen in Buchten, Häfen und auf dem Meer festzuhalten. Oft waren es zufällige Gespräche von Bord zu Bord, in einem Hafen, in einer kroatischen Konoba, einer griechischen Taverne oder in einem italienischen Ristorante. Manche Texte haben uns die Personen auch nachträglich geschickt und wir haben sie, bis auf kleine Korrekturen, unverändert übernommen. Mehrmals haben wir aber auch gezielt Skipper*innen und Crewmitglieder angesprochen und nach ihren Meinungen gefragt. Lustige Episoden, Erlebnisse, die zum Schmunzeln anregen, aber auch auszusprechen, was nervt, worüber man den Kopf schüttelt, ja sich sogar so richtig aufregen kann. Dabei geschieht manches durch Unachtsamkeit und auch „alten Hasen und Häsinnen", kann schon mal das eine oder andere passieren. Bekanntlich sind noch keine Meister*innen vom Himmel gefallen und unsere Freizeitgesellschaft ist eben schnelllebig. Nicht immer sind die Kenntnisse und Erfahrungen durch erlebtes Tun vorhanden und die notwendigen Kurse, die dann zu den begehrten Scheinen führen, sind meistens eher technokratisch und theoretisch. Also, warum nicht einmal darüber nachdenken, helfen und sich helfen lassen. Was gibt es Schöneres als das Freizeitabenteuer „mit einem Schiff selber unterwegs zu sein" und das Ganze ohne Ärger und Stress zu erleben. Arroganz und Selbstherrlichkeit sind immer der falsche Weg, auch auf dem Meer, egal ob Segel- oder Motoryacht.

Und was so manche oder mancher erzählen kann aus ihrem oder seinem bisherigen Privat-Skipper-Leben oder als Crewmitglied, da kann man nur staunen. Und in vielen Fällen denkt man sich auch ganz heimlich, na das hätte ich aber „von dem" oder „von ihr" gar nicht gedacht.

Ursprünglich wollte ich keine eigenen Erfahrungen und Erlebnisse präsentieren, sondern nur die von anderen Skipper*innen oder Crewmitgliedern. Aber irgendwie hat es mich dann doch gereizt, auch etwas beizusteuern.

Für „Erlebt und erzählt von" und „Hauptdarsteller" habe ich mich entschlossen, da es mir manchmal vorkam als wäre der oder die Erzählende Hauptdarsteller*in in einem Film, der gerade als Hafenkino läuft.

Regattasegler*innen, die mit Hightech Geräten Non Stop die Welt umsegeln, könnten sicher viel erzählen, aber um das geht es hier nicht. Es geht um ganz „normale" Freizeitkapitäne und ihre weiblichen Artgenossen.

Also, sind wir gespannt was sie uns so zu erzählen haben.

Marinero mit „unten ohne"
„Nein, nicht mit mir"

Hauptdarsteller ▶ **Ingrid und ein Marinero**
Erlebt und erzählt von ▶ **Ingrid und Alfons**

Ja, was es doch so alles gibt. Alfons und Ingrid, zwei waschechte bayrische Gewächse und heute auf einer geräumigen 45-er unterwegs haben allerdings auch einmal viel kleiner angefangen. Obwohl sie auch bereits seit mehr als zehn Jahren in derselben Marina liegen wie wir, hatten wir nie persönlichen Kontakt. Auch kein Wunder, denn wir lagen an absolut unterschiedlichen Stegen. Durch eine Sanierung der Stege wurden wir zeitweise verlegt und so kamen wir zusammen.

Und, so wie es eben oft üblich ist und man irgendwie die gleiche Einstellung zum Leben auf einem Boot hat, ergeben sich Erlebnisse und Geschichten, an die man sich gerne erinnert. Wir haben zum Beispiel dieselbe Meinung zum hüllenlosen Baden. Damit hier kein Missverständnis aufkommt, Nacktheit ist ja keine Schande und auch keine Sünde, auch wenn man dem einen oder anderen Gesangbuch angehört. Aber muss man sich bei jeder Gelegenheit anderen zur Schau stellen und gar noch splitternackt einer Bojenkassiererin die Gebühr übergeben. Ebenso sind wir zum Glück derselben Meinung, dass man nicht unbedingt die gesamte Haut in voller Breitlage zeigen muss wenn man an einem Kai in einem Ort liegt. Ich habe jedenfalls noch niemand kennen gelernt, der nackt im Kofferraum seines Autos auf einem Parkplatz in einem Ort sitzt.

Und schon war Ingrid´s Story bereit, die schon einige Jahre auf dem Salzbuckel hat, aber irgendwie schön ist. Die Beiden hatten damals eine 26-er Traileryacht und waren im Bereich Istrien unterwegs. Der Segeltag neigte sich langsam dem Ende zu und sie entschieden sich für einen offiziellen Kai eines Camps. Alfons an der Pinne, Ingrid am Bug, bereit die Leinen an den inzwischen bereit stehenden Marinero zu übergeben. Durchaus auffällig war sein Kostüm – oben T-Shirt, unten nix, also unten ohne. Na ja, dachte sich Bordfrau Ingrid, ist ebenso. Wenn er meint, dass er unbedingt seine allerschönsten Teile präsentieren muss, soll er doch ruhig tun. Ohne gewisse Dinge in den Leinen zu verheddern und diese zu beschädigen, übergab er die Festmacher an Ingrid, die sich auch brav bedankte und ihm dabei in die Augen sah beziehungsweise maximal bis zum T-Shirt-Ende.

Als sie aber glaubte, dass das schon das Ende des Anlegemanövers wäre, lag sie absolut falsch. Denn jetzt kam der unmissverständliche Befehl des Campinghafenmeisters: "So, jetzt zieh dich aber sofort aus". Das Gehirn sendete einen unmissverständlichen Verdacht – der spinnt offenbar. Nein, ich zieh mich nicht aus, der kann mich mal.

Alfons regelte das Problem, indem er „oben ohne aber unten mit" eine Vereinbarung mit dem Untenohnemarinero traf: „Wir ziehen uns hier nicht aus, bleiben aber freiwillig in FKK-Quarantäne an Bord."

„Nicht, dass wir ein Problem mit FKK gehabt hätten", meinte Ingrid, „aber es war mir einfach zu blöd, mich von so einem Typen anraunzen zu lassen, wann ich mich auszuziehen habe.

Pasta. Aber lustig war es doch irgendwie.

Carlo und sein Leinenerlebnis

Hauptdarsteller	▶ **Rüdiger alias Carlo** **und Lorenzo aus Italien**
Erlebt und erzählt von	▶ **Marika und Rüdiger**

Carlo ist ein alter Seebär und mit fast allen Wassern gewaschen. Eigentlich heißt er Rüdiger, aber da das Schiff Carlo II heißt, hört er eben auf den Namen Carlo. Und so kennt man ihn auch überall. Würde man nach Rüdiger fragen, würde man nur fragendes Kopfschütteln erwidern. Halt, fast hätte ich vergessen – ständig mit an Bord ist natürlich seine Crew. Sie hört auf den Namen Marika und ist ebenso lang unterwegs wie er. Carlo II ist eine wunderschöne klassische Biga mit Holzausbau, wie man heutzutage auf den meisten Plastikschüsseln eben nicht mehr findet. Ihr persönlicher Heimathafen ist ein kleiner Ort in der Nähe Forggensees im Allgäu und ihr langjähriges Segelrevier ist die kroatische Adria.

Ich lernte die Beiden kennen als wir wegen drohender schwerer Bora mit Gewittern eine Zwangspause in einem winzigen Hafen einlegen mussten. Drei Tage dauerte das Ganze, aber es hat sich am Ende doch gelohnt. Als ich auf meiner Gitarre, die eigentlich meistens mit an Bord ist, friedlich dahinzupfte, meldete sich Rüdiger, sorry Carlo natürlich, und erzählte von seiner musikalischen Vergangenheit. Leider hatte er sein Schlagzeug und sein Akkordeon und sein Keyboard nicht an Bord. Also, wir verstanden uns vom ersten Moment an und tauschten bei genügend Flaschen so manches Erlebnis aus. Der Renner war ein Roter Secco von einer uns bekannten Winzerfamilie in Franken. Unsere Wege kreuzten sich in den Jahren immer wieder und immer wieder ist es ein schönes Erlebnis mit den Beiden zu quatschen.

Und schon hatte Carlo eine Story in der Pipeline, die eigentlich fast nicht zu glauben ist, aber, wie man selbst weiß, durchaus nicht so selten ist. Lassen wir ihn einfach erzählen.

„Wir liegen an der Kaimauer in Zaglav, wie immer seit vielen Jahren. Hier bleiben wir auch meist ein paar Tage, gehen in der gemütlichen Konoba zum Essen und kennen eine Reihe Einheimischer, die sich immer freuen wenn wir kommen. Aber in diesem Jahr war manches anders, wohlgemerkt nicht alles. Es nähert sich eine Segelyacht, die um einiges länger ist als unser kleiner Carlo II mit seinen rund 8 Metern und beginnt uns den Platz streitig zu machen. Als er begreift, dass ich diesen Platz mit Zähnen und Klauen verteidigen werde legt er sich so knapp neben uns, dass seine Bordwand unsere fast berührt. Seine lächerlichen drei Fender, die ohnehin falsch platziert waren änderten daran nicht wirklich etwas – und unsere sind eben doch etwas kleiner. Toller Typ, ein Skipper wie man ihn sich wünscht! Wir liegen mit dem Bug zum Kai. Und was kommt da? Sechs Yachten, also eine Flotille. Damit ist alles klar – dieser Supertyp ist so etwas was man meist als Leader bezeichnet. Also der Alleskönner auf der Leaderyacht mit wehenden „Betttüchern" meist am Achterstag, ausgerüstet mit mobilem Funkgerät und natürlich tollem T-Shirt mit Namen, damit man ihn auch richtig ansprechen kann. Dieser Typ hörte auf den Namen Lorenzo. So, jetzt wurde Lorenzo aktiv, denn es galt die überwiegend Unwissenden auf den Flotillen-Yachten an ihr Tagesziel zu bugsieren, ohne größere Schrotthaufen zu verursachen. Jeff hatte einen

Plan, er legte alle sechs ins Päckchen neben uns. Gut, sein Problem. Aber, was macht er jetzt? Er fummelt an einer dünnen Leine, eher eine Schnur, herum und beginnt sie hoch zu holen. Spinnt der, das ist die Sorgleine unserer Muring und jetzt beginnt er seinen Kahn an dieser Leine zusätzlich zu fixieren. Es reicht, ich beginne zu toben, mein Gesicht nimmt teuflische Züge an und verfärbt sich rot. Mach die Leine los und zwar schnell. Warum machst du so einen Mist, fragte ich ihn. Seine klare und unmissverständliche Antwort: Vieni stasera Bora – aha, heute Nacht kommt also Bora.

Es reicht, ich kündige unmissverständlich an, dass ich die Leine durchschneide, wenn er sie nicht sofort löst. Meine Drohgebärden waren offenbar so beeindruckend, dass er es doch befolgte.

Jetzt trat Marika auf die Bühne und fragte ihn, ob er überhaupt weiß was Bora ist. Als die Antwort ausblieb erteilte sie ihm eine unmissverständliche Lektion Nachhilfe zum Thema Wetter auf der Adria. Auf eine Kontrolle durch mündliche Abfrage hat sie dann doch verzichtet. Und so bleibt ihre persönliche Benotung ein Geheimnis.

Die Ankerwinsch
befindet sich im Streikmodus

Hauptdarsteller ▶ **Ankerwinsch**
Erlebt von ▶ **Elke und Gerhard**

Das Segelpaar Heide und Erich Wilts berichten in ihrem Buch „Im Sturm – Segeln im Extremwetter" in einem Abschnitt über Ankerketten viel Interessantes und Nützliches, von dem ich einen Tipp sofort auf unserer Segelyacht umsetzte. Eines hat mich aber überrascht, denn sie schreiben, dass ihre Ankerwinsch in den rund 40 Segeljahren rund 30 mal ausgefallen ist. Umgerechnet heißt das, dass im Durchschnitt von 1 1/3 Jahren dieses unbedingt notwendige Gerät seinen Dienst versagte. Eine Ankerkette mit der Kurbel zu heben ist immerhin ein Erlebnis und erspart sicher den Eintritt in ein Fitnessstudio. Ehrlich gesagt, ich hatte auch schon mehrmals darüber nachgedacht, ob dieses Gerät nicht doch einmal seinen Dienst versagt und in den Streik tritt, wofür ich durchaus Verständnis hätte bei der enormen Arbeitsbelastung. Aber ich verdrängte diesen Gedanken und hoffte auf seine Treue und Zuverlässigkeit.

Nix da, offenbar hatte unsere „Winschi", nennen wir sie einfach mal so, die Schnauze voll und überlegte sich, ob sie nun doch einmal in den Streik treten solle. Zugegeben, sie war zumindest so nett und kündigte ihr Vorhaben irgendwie an.

Wir ankerten im Ionischen Meer nach der Überfahrt von Otranto in einer einsamen Bucht auf rund 16 Metern Wassertiefe. Da Gewitter und starker Wind drohte und außer uns nur eine weitere Yacht ankerte, gönnten wir uns 50 Meter Kette für eine ruhige Nacht. Als wir am anderen Morgen nach dem Frühstück auf „Winschi" aufweckten hatte ich den Eindruck, dass sie irgendwie zickte. Vielleicht war sie noch nicht so richtig wach, jedenfalls hatte sie einige Aussetzer, was mich schon stutzig werden ließ. Letztendlich war aber die Kette dann doch im Kasten. Keine Ahnung, aber leichtes Unbehagen blieb doch.

Auf geht's Kurs Paxi. Es ist Angang Juni, nicht viel los, keine andere Yacht weit und breit. Denkste, stimmt nur für das Meer, wie meist. Anker-, Bojen- oder Kailieger sind überall gleich – um 9 Uhr aufwachen, Frühstück, ausruhen vom Morgenstress, um 11 Uhr den Platz verlassen und spätestens um 13 Uhr in der nächsten Bucht ankern, Boje sichern oder anlegen. Als wir Irrgläubigen um 15 Uhr in der schmalen Ankerbucht ankamen war natürlich alles voll belegt. Eine kurze Inspektionsfahrt lieferte das Ergebnis, keine Lücke.

Elke war da anderer Meinung, sie erspähte mit Adlerblick eine Lücke, eher ein Lückchen zwischen zwei 50ern. Eine davon unbesetzt, die andere gehörte einem Paar aus Frankreich. Nach kurzer Diskussion, wie sie bekanntlich bei Paar-Crews regelmäßig üblich sind und nicht im Konjunktiv geführt werden war klar, Cäptn, du musst in diese Lücke einschippern. Alles klar, Rückwärtsgang, Anker runter, Kette stecken, Seitenwind keiner und schon wartet die freundliche französische Crew auf unsere Heckleinen. Ankerkette spannen. Denkste, da spannt sich nichts. Bittere Erkenntnis, das Eisen hält einfach nicht.

Kein Problem, Heckleinen los und das ganze Manöver nochmal. Wie kann es anders ein, Poseidon ist erwacht und hat seine Windmaschine eingeschaltet, natürlich von der Seite. Also, los geht's, Anker runter, Kette stecken. Elke meldet vom Bug, 8 Meter Kette sind drin aber mehr geht nicht. „Winschi" befindet sich im Streik. Sicherung aus und wieder ein, nix bewegt sich, außer unser Albatros seitwärts. Jetzt wird's ernst, Vollgas rückwärts, die Franzosen fendern schon ihre Kette ab, da sie ahnen was los ist. Zum Glück. Mit letzter Kraft fummle ich unsren Albatros in die Lücke, den Rest erledigen unsere lieben Nachbarn mit den Heckleinen. 8 Meter Kette im Wasser bei rund 12 Meter, na ja, es gibt entspanntere Ankermomente. Wir fixieren uns an den beiden Yachten und liegen auch ohne Anker wie in Abrahams Schoß.

Schnellcheck – Winschmotor freilegen, Kontakte prüfen, umstecken – die bekannte Elektrikerdiagnose. Nix bewegt sich. Poseidon schickt den rettenden Engel. Eine Visitenkarte eines mit einer Griechin verheirateten Engländers. Er betreibt eine Servicestation in Paxi und lebt, wie er selbst sagt, von den täglichen Crashs einer bekannten englischen Chartergesellschaft, die offenbar an jede/n verchartert, sofern Sie ihren oder Er seinen Namen buchstabieren und eine Segelyacht von einer Luftmatratze unterscheiden kann. Sie fällt zum Glück durch rote UV-Schutzstreifen bei der Genua auf – ihr Name soll lieber nicht genannt werden. Sorry, vielleicht gibt es auch Ausnahmen…schön wär´s.

Anruf und dann ging alles sehr schnell. Sein albanischer Mitarbeiter, ausgebildet in Stuttgart zum Elektriker, baute den Treffpunkt am nächsten Morgen im Kafenion. Ergebnis - alle Kontakte verschmort. Angebot – 800 € neuer Motor, 300 € Ersatzkit. Klare Entscheidung, Variante zwei. Telefonat mit Korfu, in 3 Stunden war das

Ding mit der Schnellfähre in Paxi und zwei 2 Stunden später eingebaut.

Testphase – der junge freundliche Albaner verfolgte mit Spannung meinen Test. Ankerschalter ein, Taste drücken, das Eisen geht zu Boden. Freundliches Abklatschen und ein frisches Bier auf diese Leistung. Jammas.

Ehrlich, wir hätten nie gedacht, dass so etwas in Griechenland so schnell möglich ist. Oder liegt es doch nur an den Yachten mit dem roten UV-Schutz? Nein, natürlich nicht. Unsere Gedanken begannen zu kreisen. Was wäre gewesen, wenn „Winschi" ihren Totalstreik schon in der vorherigen Bucht begonnen hätte und nicht nur den Warnstreik oder gar in der ersten Bucht nach den Überfahrt von Otranto, wo wir sogar auf 18 Meter Tiefe ankerten?

Tipp:

Eine lange Leine mit Ankerkralle bereithalten, um über eine Cockpit-Winsch den Anker hochzuholen. Oder eben kurbeln, sofern sich die Winsch überhaupt noch bewegen lässt.

Eine Yacht wird zur Badewanne
eine nasse Story von Anette und Uli mit weiteren Überraschungen zum Saisonstart

Hauptdarsteller   ▶ **Anette und Ullrich**
Erlebt und erzählt von ▶ **Anette und Ullrich**

Wassereinbruch während der Fahrt, ein Schreckgespenst, das man sich nun wirklich nicht wünscht. Verantwortliche Skipper*innen haben wohl ihr „Erste Hilfe Set" parat, um dieses Gespenst einiger maßen zu bändigen, sofern es nicht zu groß ist. Aber was ist, wenn das Schiff zu einer Art Badewanne während des Winterschlafs in der Marina wird.

Anette und Ulli, so wird Ullrich kurz genannt, besitzen eine klassische 38-er Bavaria, nicht mehr taufrisch, aber sonst perfekt in Form und bestens gepflegt. Die Beiden verfolgten die Philosophie, wie viele andere vermutlich auch, dass ein mit Wasser bis oben hin gefüllter Frischwassertank die beste Methode der Verhinderung von Wasserkeimen ist. Mit dieser Ansicht liegen sie tatsächlich richtig. Nur, was ist, wenn der Tank nicht mitspielt und auf seine inzwischen alten Tage kränkelt?

„Der Mai ist gekommen" und mit ihm naht die Zeit, ihre geliebte Melody II endlich aus dem Winterschlaf zu aufzuwecken. Ein kräftiger Zug an den Heckleinen, ein gezielter Sprung auf das Heck und den Reißverschluss der Winterplane öffnen. Alles gut, keine weiteren Entdeckungen. Gangway fixieren und kleine Türe, sorry Steckschott natürlich, öffnen. Egal, Türe oder Schott, der Anblick im Salon bleibt derselbe.

Rund 135 Liter Wasser schwappten im Salon lustig hin und her. Ein kurzer Zungentest ergab, es handelt sich tatsächlich nicht um Salzwasser. Erste Beruhigung. Aber woher dann? Ein Blick auf Tankanzeige lieferte das Ergebnis, ein Tank war komplett ausgelaufen.

Anette begann mit dem Schöpfmanöver, Uli leerte die vollen Eimer aus. Wie lange das gedauert hat, konnten sie nicht mehr genau sagen, aber in jedem Fall zu lange. Was blieb war modriger Geruch und angefaulte Bodenplatten.

Ihr Glück war, dass sie in einer Marina liegen, die fast jeden Service anbietet und den defekten Wassertank in ein paar Tagen reparieren konnten. Aufschneiden, abdichten, fräsen, laminieren usw. Ein nicht zu überbietender Traum. Gestank, Staub und Lärm bei südlichen Temperaturen.

Erledigt, ein Bier und ein Prosecco zum Entspannen. Wenn es nicht den berühmten Siebten sinn gäbe.

Gewarnt durch dieses Erlebnis machten sich die Beiden daran, einige „lebensnotwendige" Einrichtungen zu testen.

Hier ihr Dialog:

Der Anker
Uli: „Anette, schalt doch mal den Ankerschalter ein".
Anette: „Habe ich schon".
Uli: „Einschalten habe ich gesagt".
Anette: „Habe ich, habe ich gesagt".
Uli: „Geht nicht, es rührt sich nichts".
■ Ergebnis: Relais im Ankermotor defekt.

Der Anlasser
Anette: „Uli, ich starte mal den Motor zur Kontrolle".
Uli: „Ja, mach mal".
Anette: „mach ich ja schon dauernd, geht aber nicht, rührt sich nicht".
Uli: „Lass mich mal – stimmt, rührt sich nicht".

■ Ergebnis: Anlasser und Batterie defekt.

Das Bugstrahlruder
Anette: „Du, Uli, da rührt sich ja gar nichts".
Uli: „Mich schockt nichts mehr, vermutlich ist das Ding auch hinüber".

■ Ergebnis: Nicht hinüber, aber die relativ dicke Batterie ist hinüber.

Glück im Unglück, Techniker der Marina erledigten alles und dem stark verzögerten Törnstart stand nichts mehr im Wege. Sehr unangenehm, wenn die Beiden das beim ersten Ankermanöver entdeckt hätten.

Meine Frage an die Beiden, die ich mir eigentlich gar nicht so richtig aussprechen traute: „Füllt ihr eure Tanks eigentlich wieder im Winter?". Ihre Antwort war ein überzeugtes und synchrones Nein.

Die Versicherung übernahm den größten Teil der Kosten des Wasserschadens und im Jahr darauf hatte die doch schon etwas betagte Dame Melody II elegante neue Bodenbretter.

Was kann man daraus lernen?

Volle Wassertanks während der relativ langen Liegezeit sind immer ein Risiko. Und wo ist der Nutzen? Ein korrekt gesäuberter Tank birgt kaum Probleme in sich wenn er nicht gefüllt ist. Und heutige handelsübliche natürliche oder auch chemische Reinigungsmittel verhindern dauerhafte Rückstände im Tank. Betonung liegt allerdings auf „korrekt".

Technische Einheiten wie, Anker, Lichter, Ruder und Propeller muss man auf jeden Fall vor dem ersten Start nach längerer Liegezeit kontrollieren. Gleiches gilt für den Anlasser. Sich darauf zu verlassen, dass dieses Teil funktioniert verzögert auf jeden Fall den heiß ersehnten ersten Start, wenn er eben seinen Dienst versagt. Den Zustand von Batterien kann man ja ohne Probleme an geeigneten Messinstrumenten ablesen.
Überraschungseffekte sind dabei eigentlich ausgeschlossen.

Kuschel-Ankern ist schön
auch Yachten wollen Geborgenheit

Hauptdarsteller	▶ Ingrid und ein Spanier
Erlebt und erzählt von	▶ Nora und Richard

Beim Wort Ankererlebnis wird es wohl kaum jemanden geben, der nicht irgendeine Story zum Besten geben könnte. Die Bandbreite ist bekanntlich von absolut gefährlich, unverschämt bis hin zu eher lustig und zum Schmunzeln. Lassen wir die gefährlichen Situationen einfach weg. Wer hat nicht schon erlebt, dass unerfahrene Crews bei 8 Meter Wassertiefe gerade mal 15 Meter Kette stecken, obwohl jeder wissen muss, dass dreifache Wassertiefe das absolute Minimum darstellt, damit ein Anker bei stärkerem Wind auch wirklich halten könnte. Jeder muss eigentlich wissen, je mehr Kette am Grund liegt, desto geringer ist die Gefahr, dass der Anker durch einen zu spitzen Winkel bei Belastung gelöst wird. Anker rein, Maschine aus, Rückwärtsfahrt keine, Dingi ins Wasser und ab die Post zum nächsten Restaurant.

Nora und Richard wohnen in der Schweiz und verbringen den Sommer auf der Adria. Wir haben sie vor einiger Zeit zufällig in einer Konoba kennen gelernt und irgendwie kamen wir eben auch auf das leidige Thema Ankern. Und schon hatten die Beiden ein Erlebnis parat, das, zumindest bei den herrschenden Wetterverhältnissen nicht gefährlich, aber doch lästig war. Am Ende sogar fast noch lustig.

Also, sie ankerten mit ihrer 40-er Jeanneau DS in einer relativ großen und weiträumigen Bucht auf der

Halbinsel Peljesac zu einer Zeit, in der nur sehr wenig Betrieb war. Richard ist ein Freund eher längerer Ankerketten, wenn die Situation dies erlaubt. Ist ja auch in Ordnung, wenn weit und breit keine andere Yacht herumliegt und auch nicht in Sicht ist. Also, steckten die Beiden auf rund 12 m Wassertiefe eben 50 m Kette, was ja auch nicht unbedingt falsch ist. Also, (3 x 12 = 36) + (1 x 12 = 46) und das ist schon in Ordnung. Kette in einer Länder von vierfacher Wassertiefe. Passt.

Der Abend kündigt sich an, das Beiboot ist bereit, um damit an Land in eine kleine Konoba zu fahren. Was ist das? Eine einsame Segelyacht fährt in die Bucht ein, in der ohne weiteres 30 Yachten und mehr problemlos Platz finden, ohne sich zu behindern. „Sind wir denn ein Magnet?", meinte Richard in seinem sympathischen Schweizerisch. Ja, in der Tag, ihre Yacht schien den Eindringling direkt anzuziehen. Und der steuerte schnurgerade darauf zu. Nora und Richard waren auf das Schlimmste gefasst. Ein Seeräuber, ein Skipper mit 5 Promille oder einfach ein Blöder? Alles nichts! Die Flagge deutet auf Spanien hin.

Der Eindringling begann in der Nähe seinen Anker flott zu machen. Ein dunkelhaariges weibliches Wesen stand bereits am Bug, fest entschlossen das Eisen in Kürze auf den Grund zu schicken. Richard begann zu gestikulieren, zu rufen, zu pfeifen und was sonst noch alles. Alles wirkungslos. Das Eisen fiel und die spanische Kette begann mit der schweizer Kette zu kuscheln. Nora bemühte inzwischen das Vokabular für solche Fälle, was aber den Skipper auch nicht abhielt, seine gefühlt mehrere hundert lange Kette weiter auszufahren. Ende. Maschine aus. Ab in die Kajüte.

„Ich hatte keine Wahl, ich sprang in das Beiboot und knatterte zur spanischen Galeere. Und was fand ich vor? Einen völlig entspannten Skipper und Seniora. Da ich keinen Stierkampf riskieren wollte, versuchte ich ihm die Situation friedlich zu erklären, was ihn sehr überraschte. Offenbar meinte er, dass zwei Ketten mehr halten als eine. Mit Geduld und Überzeugungskraft gelang es mir schließlich, ihn zum Einholen des Ankers zu bewegen, was aber die Restgefahr bedeutete, dass er unsere Kette hochholt und unseren Anker herausreißt", erzählte Richard.

Maschine an, Signoar an die Ankerfernbedienung und los gings. Was ist das, eine Kette in unserem Anker, dürfte sie sich gedacht haben. Richard und Nora ergriff das Grauen. „Nimm doch unsere Kette vom Anker und wirf sie ins Wasser". Nun, Signora tat ihr Bestes und wäre um ein Haar mit der Kette und einem Salto ins Wasser geflogen.

Die Galeere entfernte sich mit Sicherheitsabstand und ankerte erneut. Nach einigen Ruheminuten für den Puls waren Richard und Nora überzeugt, dass jede Gefahr gebannt zu sein scheint. Also, auf zum Landgang, es dämmerte ohnehin bereits. Entspanntes Essen, eine Flasche Wein und ein Espresso, die maritime Welt schien in Ordnung zu sein.

Nach dem Motto „man weiß ja nie..." wollten sie dann doch den Aufenthalt nicht unnötig ausdehnen. Stirnlampe an, Außenborder gut zureden, Start und zurück zum Schiff. „Nein, das gibt es nicht, es kann nicht sein, sind denn die total blöd?" entfuhr es Nora. Der spanische Seemann hatte die Signale offenbar falsch interpretiert und seinen vorherigen Ankerplatz wieder eingenommen. Dieses Mal sogar noch kuscheliger und damit noch etwas näher.

Natürlich lag die spanische Kette wieder über der schweizer Kette.

Nora schickte ihm ihre dringende Empfehlung lautstark und unmissverständlich hinüber: "Wie blöd bist du eigentlich, mach gefälligst einen Ankerkurs, bevor du so ein Ding verwendest".

Auf weitere Aktionen verzichteten die Beiden, da der Wetterbericht "calm", also absolut ruhig für die Nacht meldete.

Den Dialog, den Nora am nächsten Morgen mit dem Skipper der Galeere führte, gebe ich hier besser nicht wieder. Nur so weit, er war sehr direkt und offensichtlich unmissverständlich, gefüllt mit Ratschlägen.

Ob sich der Skipper anschließend mit einer Flasche Rum ins gedankliche Nirwana versetzte konnte sie nicht klären. An der Bordoberfläche ist er jedenfalls nicht mehr solange die Beiden anwesend waren.

Blue Balu antwortet
auch gemütliche Bären wissen sich zu wehren

Hauptdarsteller	▶ **Blue Balu**
Erlebt von	▶ **Elke und Gerhard**

Eine von hohen Felsen eingerahmte Bucht, türkis-grünes Wasser, Sicht bis auf den Grund, der Anker liegt sicher auf rund 10 Meter Wassertiefe. Vor uns in sicherer Entfernung „Blue Balu", eine schon etwas betagte 40er Hallberg-Rassy, aber in bestem optischen Zustand. Es herrscht besinnliche Ruhe. Der letzte Windhauch flaut langsam ab, der Wetterbericht verspricht eine windstille, klare Nacht. Es ist Mitte Juni, 20 Uhr, der Vollmond lässt sich noch etwas Zeit, wird aber dieses kleine Paradies später hell erleuchten.

Von wegen Paradies, was kommt denn da? Eine eher sportlich aussehende Segelyacht, so um die 35 Fuß, ihr Name Exodus. Was haben sie vor, wollen sie Balu und uns entern oder versenken? Mit vollem Dampf düsen sie in die ruhige Bucht, umkreisen uns und Balu, winken uns lustig zu und kündigen eine robuste Disco-Night an. Der Sound dröhnt aus vollen Laufsprechern und als sie die Begrüßungszeremonie beendet hatten, fällt der Anker, allerdings viel zu nah zwischen uns und Balu. Ein absolut deutliches Zeichen von uns, lässt zum Glück ihren Entschluss sofort reifen, das Eisen wieder zu heben und sich zumindest etwas zu entfernen. Was bleibt ist die Beschallung. „Super Sound", wir sparen Bordbatterie und machen unsere eigene Musikquelle aus. Jetzt blasen sie zum ultimativen Soundangriff vermutlich mit rund 100

Dezibel. Ab 85 Dezibel werden bekanntlich unsere Ohren reparaturbedürftig und bei Tieren liegt die Schwelle noch viel tiefer.

Das ist der Beweis, Blue Balu hat die Schnauze gestrichen voll und wehrt sich. Nein, er greift nicht an, er fletscht keine Zähne oder fährt bedrohliche Krallen aus und faucht auch nicht. Er bläst zum Gegenangriff und dreht seinen Musikplayer, den er über den großen Bordlautsprecher steuern kann, auf Maximalstärke. Aus der Traum für Exodus, ihr Ende ist besiegelt, wie schon der Name andeutet.

Nix mehr Disco, kapiert, kein böses Wort, ein freundlicher Daumen nach oben und Blue Balu winkte freundlich zurück. Wir sind überglücklich, denn wir waren mittendrin. Der Mond geht auf, es ist himmlische Ruhe in der himmlischen Bucht. Was ist das? Ein Gitarre spielender Bär? Von Bord klingt leise „Let it be", ich hole schnell meine Gitarre aus der Koje und stimme leise mit ein. Let it be, das passt, nur nicht zu viel darüber nachdenken.

Wir haben Blue Balu nie mehr getroffen und wissen auch nicht, wer der Eigner oder die Eignerin ist. Die Flagge war eingerollt, was nach Sonnenuntergang ja sogar richtig ist, wenn auch in südlichen Gewässern selten praktiziert. Es hatte aber den Anschein, dass nur eine Person an Bord war und das war eindeutig eine „See-Frau" und kein Seemann. Gratulation, Balu, zu dieser musikalischen Antwort und Lösung.

Sicher ein heißer Tipp, den Balu der Bär aus dem Dschungelbuch so manchem Hektiker oder mancher Hektikerin geben kann…"probier´s doch mal mit der Gemütlichkeit…"

Freddy-Lieder zum Entspannen
schön war die Zeit, so schön war die Zeit...

Hauptdarsteller	▶ Karl alias Charly
Erlebt von	▶ Elke und Gerhard

Es war wieder einmal einer dieser Liegeplätze, die man eigentlich gar nicht so gerne hat. Wenig Platz und sehr voll. Dazu ein Marinero, der sonst vielleicht Wäscheleinen aufhängt aber vom Anlegevorgang und einer Muring so wenig Ahnung hat wie ein Hahn vom Eier legen. Statt die Luvleine zu fixieren, hält er die Leemuring so hoch, dass man T-Shirts daran aufhängen könnte. Ganz davon zu schweigen, dass es völlig falsche Seite ist. Nach kurzer tiefgelber Karte beginnt er zu begreifen, dass hier irgendetwas nicht zu stimmen scheint. Also gut, es hat dann doch noch geklappt. Ja, warum tut man sich das an? Ganz einfach, weil wieder einmal relativ kurzfristig sehr starker Nordost über Funk gemeldet wurde und dieser kleine Stadthafen eben sicher vor dieser Windrichtung ist. Dazu noch eine fette Gewitterzelle. Wir liegen und sind völlig entspannt. Backbord neben uns eine Yacht mit Austriaflagge, Steuerbord eine Yacht mit belgischer Flagge. Also international und gut in der Box.

Wir gehen von Bord und schlendern durch den kleinen Ort, der in manchen Reiseführern, die offenbar nur alle zehn Jahre neu aufgelegt werden, als kleiner verschlafener Fischerort gepriesen werden. Weit gefehlt. Der Ort ist zwar immer noch relativ klein, aber von verschlafen keine Spur. Der Tourismus hat voll zugeschlagen. Die meisten Lokale sind gut gefüllt, dazu oft noch das einladende Schild „Crews welcome". Skippergehirn schalte dich ein, das klingt freundlich, aber sei wachsam. Die Speisekarte lässt nur einen Wunsch offen – nur nicht hinein. Also, wir werfen den Wandermotor an und finden am letzten Ende des Ortes doch noch das was uns gefällt. Fünf Tische, alte Bäume, eine Karte mit fünf Gerichten, domace vino, also eigener Wein und ein freundliches Wirtsehepaar. Genuss pur. Hoffentlich hat es noch kein übereifriger (m/w/d) entdeckt und es als letztes Paradies betitelt und die Adresse als „heißen Tipp für Insider" in irgendeine blöde App eingepflanzt. Wir waren übrigens nicht alleine hier, es gab auch noch andere, die ihre „Boots for walking" geschnürt haben. Und, es muss ja nicht gleich alles gepostet und mit irrwitzigen Sternen bewertet werden.

Inzwischen zeigt der Nordost was er so alles drauf hat, das Gewitter allerdings hat es sich zum Glück anders überlegt und ärgert offenbar Crews an einem anderen Ort. Wir schlendern langsam und zufrieden zurück, vorbei an den Restaurants mit ihren Standardgerichten und Nummern von1 bis 100. Wozu auch sprechen, man bestellt Nummer 55 und ist zufrieden. Guten Appetit. Wir nähern uns unserem Albatros, der gut eingebettet den Nordost über sich ergehen lässt. Wer singt denn da, ist etwa Freddy der alte Wiener Seemann zu einem Konzert für maritime Senioren im Ort? Und was ist das auf der Yacht neben uns mit der Austriaflagge? Ein scheinbar lebloser Körper liegt quer und völlig entspannt auf seiner 44-Fuß Yacht. In meinem Kopf kreisen schon Gedanken der Wiederbelebung, Mund-Nase-Beatmung, Herzdruckmassage und so weiter. Nein, zum Glück nicht notwendig, dieser Körper raucht und spricht sogar. „Griaßts eich ihr zwa", wir entgegnen, „servus Nachbar", „ist bei dir der Freddy in der Kabine?". „Na, des is nur für mei Entspannung". Wir befinden uns jetzt bereits im direkten Dialog mit Charly und wollen natürlich wissen, warum er sich im StressStandbyModus befindet und warum er auf so einem relativ großen Kahn ganz alleine unterwegs ist. Hier ist das Ergebnis: „I hob a Gastcrew an Bord, für a ganze Wochn. Zwa Tog san rum und i bin scho nervlich am End. Drei Mannsbilder und drei Weiber, ane narrischer ois die aundere. Etz sans grod beim Essen und i hoff, dass so schnell ned zurück kumma. Die gehn mer so aufn Oa....."

Dieser arme Hund braucht unsere Hilfe, sonst greift er zum Strick. Wir animieren ihn, die CD nochmal zu starten und es geht los mit „Schön war die Zeit, so schön war die Zeit...". „Kummts doch rüber". Das machen wir und Elke tanzt mit ihm zu den Schmachtsongs von Freddy. Ein Menschenleben gerettet. Wir stoßen gemeinsam auf die Wiedergeburt an.

Wie er die restlichen drei Tage überstanden hat, haben wir nie erfahren. Wir hoffen aber, dass er zumindest den rettenden letzten Hafen erreicht hat und keine dauerhaften psychischen Schäden erlitten hat.

Ach ja, hätte ich fast vergessen. „Warum tust du dir so etwas überhaupt an", wollte ich noch wissen. Die Antwort war einfach: „Money, money, money makes me funny". Ich empfahl ihm, zu seiner bisher einzigen CD von Freddy sich doch noch eine von Abba zu gönnen. Auch sehr zum Tanzen geeignet.

Wir sind Charly aus dem Waldviertel in Niederösterreich, da kam er nämlich her, leider nie mehr begegnet. Vielleicht hören wir doch irgendwo einmal „brennend heißer Wüstensand, so schön, schön war die Zeit, fern so fern dem Heimatland......", wer weiß?

Robert – ist Seemann
„Berge sind für mich nur ein lästiges Hindernis auf dem Weg zum Meer"

Hauptdarsteller   ▶ Robert
Erlebt und erzählt von   ▶ Robert

Robert war Eigner einer wunderschönen nordischen 34-er und ist überzeugt, dass es das beste und schönste Schiff ist, das auf dem Meer herumschippert. Wir liegen in einer Marina und kommen mit ihm ins Gespräch. Bei „etwas" Bier und Wein an Bord erfahren wir seine Geschichte. Robert ist Seemann und völlig entsetzt, als er von uns hört, dass wir so etwas wie segelnde Alpinisten sind. „Die Alpen sind nur ein unnötiges Hindernis auf dem Weg zur Adria – ich bin Seemann und keine Gämse" ist sein Spruch. In Ordnung, alles gut, wir werden nicht mehr von diesen schrecklichen Barrieren des Seemansglücks sprechen.

Robert war lange Chef einer Wasserschutzpolizei und buchstäblich mit allen Wassern gewachsen". Wie kommt man zu einer skWolfinavischen Yacht in warmen Breiten, ist sie doch eher etwas für nordische und eher kühle Gewässer gemacht. „Weil ich genau dieses Schiff wollte", seine kurze Antwort. Es ist tatsächlich eine Schwedin. „Und wie kam sie an die Adria?", unsere Frage. „Ganz einfach, durch das Wasser", seine wieder kurze, aber prägnante Antwort. Ja, logisch und so war es tatsächlich auch. Er holte sein Objekt der Begierde in Schweden ab, schipperte mit damit zur deutschen Küste, durch Kanäle, durch den Rhein, manchmal im Schlepp bei einem Frachtschiff, durch französische Kanäle und schließlich an die französische Mittelmeerküste.

Dort wurde der Kanal-Kahn ein echtes Segelschiff, der Mast wurde gestellt. Ab durch das Mittelmeer, vorbei an Korsika und Sardinien, rundherum um den Stiefel, Kurs Nord entlang der italienischen Küste und hinüber nach Kroatien.

Das Ganze ist heute rund 35 Jahre her. „Welchen Wetterbericht hattest Du?", Antwort: „keinen". Welches GPS hattest Du? – diese Frage brauchten wir nicht zu stellen, denn damals gab es keines, zumindest kein verlässliches und schon gar nicht in der komfortablen Ausstattung wie heute. Welches Netz hast Du benutzt? – diese Frage war auch überflüssig wie ein Kropf, da das Zeitalter der Mobiltelefonie noch nicht angebrochen war. „Funkgerät?", Antwort: „Ja, aber kaum benutzt". Also, klassische Navigation mit Karte und Kompass – warum auch nicht? Diese Einstellung hat er zum Glück bis heute behalten. Nicht, dass er keine modernen Medien benutzen würde, aber was ist, wenn diese ihren Dienst versagen oder unangemeldet ein Blitz den Mast besucht? Mit der Klassikmethode kommt man immer zum Ziel – man muss sie nur beherrschen.

Robert war die letzten Jahre leider oft alleine unterwegs, hatte aber alles im Griff. Auf unsere Frage, wie machst Du das mit dem Reffen, wenn es nötig ist, seine kurze Antwort: „Ich reffe nicht". Aha, Du reffst also nicht, also immer voller Lappen bei jedem Wind. „Nein", meint er, wieder sehr kurz, „wenn das abzusehen ist, bleibt eben der große Lappen drinnen und ich segle nur mit der Genua – und damit habe ich schon so manche Crew zum Staunen gebracht, als ich an ihnen vorbeigeglitten bin, während sie diskutierend und krachend das arme sich verzweifelt wehrende Roll-Großsegel in den Mast hineinquetschten".

Wir haben keinen Grund an seiner Aussage zu zweifeln. Gelernt ist eben gelernt – und sicher nicht bei einer Prüfung für irgendeinen Schein.

Ralf – der Entspannte
wer schreit ist unsicher – Ich habe einen Traum

Hauptdarsteller ▶ **Ralf**
Erlebt und erzählt von ▶ **Ralf**

Wir sitzen gemütlich an Bord in einem kleinen gemütlichen Stadthafen und hängen unseren Gedanken hinterher. Es war ein toller Tag, schöner gleichmäßiger Nordwest mit meist 4 bft. und kleiner Welle. Kleine Fischerboote tümpeln am Kai im hinteren Hafenbecken gemütlich vor sich hin und Möwen machen unaufhörlich auf sich aufmerksam als wollten sie sagen, „wann kommt endlich mal was von euch für uns zu fressen?". Was will man mehr? Zwei Plätze weiter entfernt läuft eine Segelyacht ein mit drei Personen an Bord. Alles geht überlegt und ruhig seinen Gang, Der Skipper fährt seine 38er Bavaria, wohlgemerkt ohne Bugstrahlruder, bei inzwischen leicht auffrischenden Seitenwind aus Nordwest passgenau an den Kai, eine Person gibt dem schon wartenden Hafenmeister die Luvleine, der Skipper gibt leicht Vorwärtsgang, die Yacht liegt wie eine Eins, der andere nimmt die Muringleine und macht sie in aller Ruhe am Bug fest. Leeleine am Heck befestigen und alles ist gut. Ist die Crew stumm?, könnte man sich fragen.

Der Gegensatz, knapp daneben – buchstäblich. Vier Personen-Crew, ein Skipper. Was ist das, fragen wir uns, legt die Kriegsmarine ab oder ist es ein Sklavenschiff? Laute, zackige Kommandos durchdringen die herrliche Ruhe des kleinen Ortes, hektisches Theater an Bord. Schon wieder ein Kraftschrei des vermeintlichen Kapitäns und die strikte Antwort der Crewmitglieder „aye, aye Cäptn". Bei Cäptn Jack Sparrow, bekannt durch den Fluch der Karibik, hat man das auch immer vernommen. Zum Glück hatte der arme Nachbar der Schreihalsyacht gute Fender, denn der Knecht am Bug hatte leider genau die falsche Muring zuerst gelöst, es war die Luvmuring. Vielleicht hätte der Kapitän noch etwas lauter und zackiger schreien sollen, damit seine Knechte auch folgen.

In einem kleinen Café gönnen wir uns einen Cappucino nach diesem Erlebnis und wer sitzt neben uns – der „ruhige Ralf". Wir kommen natürlich ins Gespräch und er ist überzeugt, man muss nicht schreien, nein man muss sich verstehen. Bedingung ist natürlich, dass man die Aufgaben klar verteilt, gemeinsam einübt und das nicht erst wenn man wirklich braucht. Nein, diese Art von Bordkommunikation mag er überhaupt nicht und lehnt sie absolut ab. Auch in brenzligen Situationen, ist er überzeugt, hilft Besonnenheit, Klarheit und nicht Schreien. Logisch muss die Stimme bei Sturm ein paar mehr Dezibel erzeugen als wenn das Schiff ruhig dahin gleitet. „Deswegen muss man aber niemand anbrüllen" meint er, „wir sind doch auf keiner Fregatte der Kriegsmarine und schon gar nicht auf der Gorch Fock", dem bekannten Segelschulschiff der deutschen Marine. „Oder soll vielleicht der gesamte Kai stramm stehen, wenn an- oder abgelegt wird?", meint Ralf ergänzend.

Dann erzählt er uns eine Geschichte, die schon den Reifegrad für ein Kabarett hatte. Sicher etwas überzogen und theatralisch dargeboten, aber selbst erlebt, versichert er uns als er als Co-Skipper auf einer Charteryacht in der Karibik am Anfang seines maritimen Lebens stand.

Vorhang auf, Ralf tritt auf die Bühne: „An der Wand der Gästekabinen hängt das Bild eines Kapitäns mit dem Spruch >Der Kapitän ist mehr zu fürchten als jeder Sturm<. , Heike, los, geh an die Ankerwinsch, Felix, los, mach schon, wir wollen ablegen, Anna, ja was ist denn, hast Du endlich den Bootshaken für die Boje in der Hand oder soll ich ihn die bringen, Luis und Jaqueline, schafft ihr das heute noch oder wollt ihr die Festmacher noch hundertmal in das Wasser werfen, sie sind schon gewaschen".

„Der gestrenge Skipper ist ungeduldig. Wäre er vor ungefähr tausend Jahren geboren, hätte er auf einer römischen Galeere eine Sonderzulage oder einen Ehrensold für seine perfekte Ansprache erhalten", meint Ralf. Ich stelle mir hier eher Meuterei vor.

Ja, wie Recht er doch hat, zeigt unnötige Lautstärke und Zackigkeit doch nur eigene Unsicherheit und macht die ohnehin schon überforderte Crew noch unsicherer.

Wir relativieren nun das Ganze im Laufe unserer Unterhaltung, inzwischen sind wir vom Cappuccino zum zweiten Bier gewechselt und philosophieren etwas über das genaue Gegenteil.

Wir versinken in einen Traum und stellen uns eine jungverliebte Märchencrew vor, bei welcher der von Herzchen umflatterte Skipper im butterweichen Konjunktiv, seine Kommandos zuflüstert:

„Ach herzallerliebstes Mäuschen, könntest Du nicht mal darüber nachdenken, ob Du die Festmacherleine überreden könntest, dass sie sich so ganz langsam zum Ablegen entscheiden würde?" und sie säuselnd antwortet, „aber natürlich mein Katerchen, ich trinke nur noch kurz meinen Secco-Spritz aus, dann schminke ich mich noch etwas für den Kai und dann muss ich nur schnell zwei mails checken, dann noch eine Whatts App mit einem Selfie von mir losschicken und dann bin ich auch schon für dich da".

Als er oder sie entnervt die Erfolglosigkeit der Anweisung erkennt, greift er oder sie dann doch zur härteren Gangart: „Also los, auf geht´s, Leinen klar machen, wir legen ab, Schluss mit Mist, kannst du alles später machen". Und schon ist die Liebe an Bord fraglich geworden.

Crewmitglieder sind doch keine Knechte und, wer schreit hat noch lange nicht Recht. Es geht auch mit moderatem Ton. Konjunktiv und Gebrülle sind auf einer Freizeityacht fehl am Platz. Oft hilft auch einfache Gestik, Abläufe sauber und gefahrlos zu vollziehen. Übertriebene Lautstärke beweist keine Qualität, sondern Unsicherheit und eine gehörige Portion von Profilneurose. In der Regel freuen sich andere nur über derart ungebührliches Verhalten und warten schon sehnsüchtig auf den ersten Fehler. Vernünftige Hinweise vorher, damit jedes Crewmitglied weiß, was zu tun ist, machen derartige Einlagen überflüssig.

Wir erwachen wieder aus unseren Konjunktiv-Träumereien, Prost, und bestellen uns ein weiteres Bier.

Svenja erinnert sich
der Schluck kann warten oder
auch Männer können zicken

Hauptdarsteller　　　▶ männliche Crewmitglieder
Erlebt und erzählt von　▶ Svenja

Mein Traum ging endlich in Erfüllung, wir hatten Zeit und auch das nötige Kleingeld, uns auf einer Charteryacht als Greenhörner einzubuchen. Ich, Svenja aus München, gemeinsam mit meiner Freundin Alena aus Aarhus in Dänemark. Eine komfortable 50-Fuß Jeanneau, ein Skipper mittleren Alters, der mit allen Wassern gewaschen schien – und es sicher auch war – und sechs weitere Crewmitglieder unterschiedlicher Altersklassen. Natürlich lauter Lebewesen der Kategorie „männlich, immer gut drauf, meist sehr durstig und oft etwas zu laut". Zum Glück hatten sie ihren Koffer mit saublöden Witzen daheim vergessen.

Gut, die Schicksalsgemeinschaft hatte sich eben so ergeben. Es blieb nur die sofortige Flucht oder das Fügen in das Schicksal. Carlo, der Skipper, erkannte den aufkeimenden Zwist natürlich sehr schnell, war sich für ihn nichts Besonderes, und regelte das Ganze ohne Team-Meeting auf seine Weise. Ab diesem Zeitpunkt war das Zusammenleben an Bord durchaus erträglich – und auf 50 Fuß kann man sich ja auch ganz gut aus dem Weg gehen, wenn man das Bedürfnis danach hat. Außer bei bestimmten Ritualen, die offenbar urplötzlich aufkeimen.

Carlo war alles andere als ein Freund von Traurigkeit und Lebenslust mit Schalk und Witz waren ihm sicher bereits in die Wiege gelegt worden. Nur eines konnte er absolut nicht leiden – sinnloses Besaufen an Bord und unbedingtes „Schlucken" in Situationen, die besondere Aufmerksamkeit erfordern.

An einem Mittwoch wehte ein recht unangenehmer Nordwind auf die rechte Seite, sorry Steuerbordseite natürlich, unseres Schiffes und die Muring des Nachbarschiffes auf der anderen, also der Backbordseite wie das ja richtig heißt, lief ziemlich schräg vor unserem Bug. Für Carlo an sich kein wirkliches Problem und so verteilte er eben die Aufgaben. Die wichtigste hatte Mike zu erledigen, denn er musste unsere Luv-Muring so lange auf Slip halten bis Carlo die Yacht, sie hörte übrigens auf den Namen „Hope two", was ja beruhigte, mit der Maschine in der Lage hatte, dass wir gefahrlos aus der „Box" auslaufen konnten, ohne die andere Muring zu touchieren. Er wusste auch sehr genau, warum er Mike dafür auswählte. Die anderen fünf Gesellen beorderte er an die Leeseite zum Fender überwachen. Eindeutig die richtige Wahl…! Wir beide, also ich und meine Freundin Alena, übernahmen die Heckleinen.

Alles ging reibungslos vonstatten und schon kam der Ruf der fünf Fenderknechte nach dem berühmten Ablegeschluck. Wer hat hier eigentlich abgelegt und wer bestimmt also den Schluck, haben wir uns gefragt? Carlo´s Schalk erledigte das Ganze sehr schnell, denn er wusste, dass ganz kurz nach der Ausfahrt aus der Bucht eine nicht zu unterschätzende Flachstelle bei einer Durchfahrt kommt. Es ist zwar „nur" Sandboden, der sich laufend verändert, aber im Sand stecken bleiben, wer will das schon? Also, die fünf Durstigen, außer Mike, ließen nicht locker und forderten vehement ihr Recht auf den Schluck für ein Manöver ein, mit sie aber gar nichts zu tun hatten. Carlo: „Zieht euch schon mal eure Spielhöschen an und bewaffnet euch mit Sandspielzeug wenn wir stecken bleiben." Er wollte damit deutlich ausdrücken, „jetzt nicht, erst wenn wir hier durch sind und wann der Schlucki kommt, das bestimme ich, pasta!".

Es hat sich gelohnt, das Warten. Die uns in einiger Entfernung folgende Yacht hatte ihren Ablegerschluck vermutlich falsch terminiert und ist einfach im Sand stecken geblieben. Die Freischleppkosten dürften den Durst der Crew und des Skippers vermutlich deutlich reduziert haben.

Wir, also Alena, Mike und ich, sagten Carlo herzlich Danke und schenkten 8 Gläschen mit Kruskovac, ein wunderbarer, kroatischer Birnenlikör, ein – Carlo verzichtet prinzipiell während der Fahrt auf Alkohol. „5 Gläschen warteten geduldig darauf, dass sie geleert wurden….." Nema Problema, wie das auf Kroatisch heißt, alle 5 bekam Rasmus – er hat sich gefreut".

Carlo, der Mann für alle Fälle, hat das alles auf seine Art geregelt und der Bordfrieden war dadurch wieder hergestellt – und zwar nachhaltig bis zum Ende des Törns.

Eine neue Erfahrung für Alena und mich – auch Männlein können offenbar ganz schön zickig sein – nicht nur wir".

Wolfi und Inge hat es erwischt
manchmal wünscht man sich ein Torpedo an Bord

Hauptdarsteller ▶ **ein rücksichtsloser Skipper einer Motoryacht**

Erlebt und erzählt von ▶ **Inge und Wolfi**

Es gibt Yachteigner*innen, die gehen auf eine Messe, unterschreiben einen Vertrag, leisten eine schmerzliche Anzahlung, warten geduldig auf ihr Schmuckstück, überweisen den Rest und übernehmen dann endlich das Schmuckstück. Je nach Geldbeutel ist dann auch kaum etwas zu tun, jedes kleinste Detail wurde installiert – hoffentlich auch richtig.

Es gibt aber auch die vielen anderen, die eine gebrauchte Yacht erst zu einem Schmuckstück machen – und das nicht selten in mühevoller Kleinarbeit mit meist sehr hohem zeitlichen Aufwand. Viele Schweißtropfen vergehen bis endlich „die Gläser klingen" können und ein Abschluss erreicht ist. Fertig ist man ohnehin nie auf einem Schiff, das ist ja bekannt.

Die Beiden waren endlich soweit, dass sie an einem Punkt angelangt waren, der für sie akzeptabel war. Diverse Schleifaktionen, neuer Innenausbau, neue Elektronik und ein nagelneuer Einbaudiesel. Die Herzen schlugen höher. Was noch fehlte, war die professionelle Einstellung des Riggs. Zuverlässige und kompetente Fachleute für diese Arbeit sind eher rar, das ist bekannt. Betonung liegt auf zuverlässig und kompetent, damit kein Missverständnis entsteht. Aber es gibt sie und dazu muss man schon auch mal ein paar Meilen zu einem anderen Hafen oder eine Marina schippern. Ist ja auch kein wirkliches Problem.

Wolfi und Inge machten sich auf den Weg zu einem vereinbarten Treffpunkt am Rande einer kleinen privaten Marina. Ihr Liegeplatz war längsseits an der Außenmole und sie warteten auf Mirko, der das Rigg einstellen sollte. Er wurde ihnen von anderen Seglern wärmstens empfohlen und sie freuten sich auf den zunächst letzten Akt ihrer Arbeit.

Noch 15 Minuten und dann wird Mirko hier sein, er gilt als absolut zuverlässig. Was jetzt kam war aber etwas ganz anderes.

„Ein offenbar absolut gestörter, besoffener oder anderweitig unzurechnungsfähiger Typ drehte seine vermutlich mehrere hundert PS seines Motorbootes volle Kanne auf und düste in knappem Abstand an unserer friedlich liegenden Segelyacht vorbei. Die harten und relativ hohen Wellen klatschten erbarmungslos an die Bordwand, unser Schiff hüpfte wie ein Gummiball, die Fender wurden hochgeworfen und verhakten sich an der Reling. Das Ergebnis war schrecklich, viele Kratzer, aber das Schlimmste war ein rund 10 cm großes Loch in der oberen Bordwand. Es wurde offenbar durch eine kleine Metallstange, die eigentlich unsichtbar, aber dennoch vorhanden, aus dem Kai ragte. Unser Schiff schien uns zuzurufen, fangt dieses Idioten. Bis unsere Schrecksekunde vorbei war, war der Rowdy jedoch verschwunden. Zwei Mitarbeiter der Marina nahmen mit ihren schnellen Schlauchbooten die Verfolgung auf, wurde jedoch offenbar offiziell zurück beordert. Warum? Dazu muss man kein Prophet sein. Der Ober sticht den Unter, ein alter Spruch der Kartenspieler – und hier war offenbar ein sehr großer Ober am Steuer dieser Stinkkiste.", so die wörtliche Erzählung der Beiden.

Inzwischen ist auch Mirko eingetroffen und hat auch gleich die Kommunikation mit dem nicht besonders freundlichen und arbeitswütigen Hafenmeister übernommen. Der zweite Teil des Titels „Meister", so meinten die Beiden, ist wirklich nicht berechtigt.

Mirko machte sich an die Arbeit am Rigg, Wolfi und Inge begannen die Angelegenheit zu regeln – Versicherung informieren, Gutachter anfordern, also die gesamte Palette des Ärgers. Die Beschädigung dichteten sie notdürftig ab und der Schaden wurde in ihrer Heimatmarina behoben.

Was bleibt, ist ein perfekt eingestelltes Rigg, Eine Woche ungeplanter „Landurlaub", da die Yacht gekrant werden musste und die bittere Erkenntnis, dass für manche die vorgeschriebene Geschwindigkeit „offenbar nicht gilt" und „freies Geleit" haben.

Wolfi: „Ich glaube, wir sollten doch noch etwas an unserem Schmuckstück herumbasteln und ein Torpedorohr einbauen."

Ich bin grundsätzlich gegen ‚Bewaffnung‚ aber irgendwie könnte ich mich dieser Ansicht fast anschließen…Nein, nur ein gedanklicher Scherz, natürlich nicht ernst gemeint…!

Fender nach dem Zufallsprinzip

Hauptdarsteller	▶ **Skipper und Crew der Yacht Althea**
Erlebt von	▶ **Elke und Gerhard**

Die Café-Bar Poseidon befindet sich unmittelbar am Kai eines kleinen Hafens in Griechenland, im Ionischen Meer auf der Insel Lefkada. Der kleine Hafen ist nahezu voll belegt, einige wenige Kaiplätze sind noch frei. In diesem Kafenion kann man gelassen die Aktionen der hoffnungsvollen Skipper*innen, die einen der letzten Plätze ergattern wollen, bei einem Kaffee metrio beobachten. Gelassen vor allem dann, wenn links und rechts von der eigenen Yacht kein Platz mehr frei ist und die Gefahr, dass einer den Anker durch seinen Anker unabsichtlich „entfernt" gegen Null geht.

Eine Segelyacht mit der Aufschrift Althea, offenbar eine Charteryacht, wie es die Beflaggung vermuten lässt, nimmt Maß für die vorerst letzte Lücke. Der Skipper tut sein Bestes, vergisst aber offenbar, dass er seine verbleibende Crew, ein Mitglied ist mit dem Anker beschäftigt, die andere Person kontrolliert das Ganze mit „Kennerblick", indem sie ins Wasser blinzelt, anstatt sich mit den Fendern zu beschäftigen. Auf jeder Seite nur drei, das ist nicht ungewöhnlich bei Charteryachten, aber wenn diese auch noch nach einem Zufallsprinzip an der Bordwand baumeln, dann hört der Spaß schon auf. Einer ganz oben, der andere ganz unten fast im Wasser, einer viel zu weit vorne in Bugnähe usw. usw. Der einzige Kugelfender ruhte sich noch vom Stress der Fahrt aus und hing wie ein lebloser Sack auf der Heckbadeplattform.

Zugegeben, nicht einfach bei dem inzwischen vorhandenen ziemlich kräftigen seitlichen Wind, den Kahn in die sehr enge Lücke zu bugsieren. Es kam natürlich wie es kommen musste. Als erste touchierte Althea leicht aber trotzdem die Bordwand des Nachbarschiffes. Jetzt ertönt der Schlechtruf des Skippers: „Wo sind die Fender?" Ja, wo sind sie denn? Alles an Bord, nur am falschen Platz und ohne Bedienung. Ja, und von selbst erwachen diese Dinger eben nicht zum Leben.

Hektische Betriebsamkeit an Bord kommt auf, Fender werden hochgezogen, reingequetscht zwischen die Bordwände, der Kugelfender schläft weiter. Der mittlere Fender reißt den Fender der daneben liegenden Yacht fast ab, es quietscht. Der untere hat sich verabschiedet und tümpelt gemütlich im Wasser.

Absprung auf den Kai, Festmacherleinen anbringen, schrapp, das war das Heck an der Kaimauer. Jetzt ist er aufgewacht, der Kugelfender, aber viel zu spät.

Zum Glück ist nicht viel passiert und es bleibt zu hoffen, dass man sich an Bord zumindest einmal über das nicht gerade vorzeigewürdige Manöver unterhalten hat. Hoffentlich!

Skipperin Melanie
die richtige Anweisung zur richtigen Zeit

Hauptdarstellerin	▶ **Melanie**
Erlebt von	▶ **Elke und Gerhard**

Wir liegen nach der Rückkehr aus Griechenland in der Bucht von Bobovisca auf der Insel Brac in Kroatien. Die Muringverankerungen sind gut gemacht, eine Boje am Bug mit einer Heckleine, die man hochangeln und möglichst schnell am Heck fixieren muss. Alles „nema problema" ohne Seitenwind, aber wehe, wenn der weht und die Crew im Schongang oder gar schon im Anlegerschluck-Rhythmus arbeitet. Unkundige Manöver und falsch platzierte Fender lösen leichtes Herzflattern bei den bereits liegenden Yachten aus.

Genau so war es, was das Wetter angeht. Wir lagen bereits seit drei Stunden, da wir ohnehin noch im entspannten Griechenlandmodus agierten und einen sicheren Muringplatz genossen, auch wenn dieser die Bordkasse belastet. Inzwischen ist das gemeldete „Thunder with strong Gusts", also Gewitter mit starken Böen angekommen und mit ihm eine 42-er Charteryacht mit einer Skipperin am Ruder. Mit dabei offenbar eine Kleinfamilie mit 2 Kindern, also traditionell zu viert. Erklärtes Ziel war die noch einzige Lücke zwischen und unserem Nachbarn. Während sich dieser entspannt an seinem Weinglas festhielt, er hatte auch keinen Grund sich zu bewegen, da er die Lücke von Lee hatte, erwachten bei uns die noch eher trägen griechischen Lebensgeister.

Melanie´s Yacht hatte noch keinen einzigen Fender gelegt. Aber dann kam das unmissverständliche Kommando an die beiden Kinder, sie waren zehn und zwölf Jahre alt, wie wir später erfuhren zum Fender legen an den Bordseiten. Ihre Mutter stand am Bug mit dem Bootshaken für Die Boje, sie beherrschte das Manöver bestens, und ihr Partner bekam von Melanie die Anweisung, in letzter Minute den großen Kugelfender genau in dem Moment und an der Stelle zwischen unserem und ihrem Heck zu platzieren, wenn sie „jetzt" rief. Perfekt, alle Achtung. War auch notwendig, denn bis zum Angeln der Heckleine und dem Einhängen in die Heckklampen vergeht einige Zeit und bei diesem Seitenwind ist ein Berühren der liegenden Yacht unvermeidlich.

Heckmuring einhängen, leichte Rückwärtsfahrt, nachspannen und der Kahn liegt wie eine Eins.

Alle Achtung Melanie, sehr gut gemacht, wir bedanken uns bei der etwas sehr spröden, aber doch insgesamt freundlichen Skipperin. Du hast Dir einen Schluck verdient – Deine Crew natürlich auch.

Lieber etwas spröde, knapp und klar aber dafür perfekt.

Achtung der Fenderklau lauert

Hauptdarsteller ▶ **unbekannter Fenderklau**
Erlebt von ▶ **Elke und Gerhard**

Segelyacht Albatros hängt friedlich an einer Boje in der kroatischen Adria. An jeder Seite vier Fender weil die Bojenabstände etwas gering sind. Wetter gut, Beiboot runter, Paddel raus – Training ist immer gut -, Rucksack und Wanderschuhe in den wasserdichten Beutel. Auf geht´s zu einer nicht allzu langen Wanderung aus unserem eigenen Bestseller „Segeln und Wandern in Kroatien", immer auf der Suche nach neuen verlockenden Zielen und zur Kontrolle der vorhandenen.

Von Land aus ein letzter Kontrollblick auf den Albatros. Alles bestens und nur noch vier Yachten an den anderen Bojen. Drei Stunden gemütliche Wanderung, eher ein Spaziergang mit Panoramablicken. Am Ende ein kühles Pivo in einer gemütlichen Konoba.

Wanderschuhe aus, verpacken und ab mit dem Beiboot zurück zum Albatros. An Bord angekommen, erweist sich bei einem kurzen abendlichen Kontrollgang zu der Bojenleine, dass entweder das Bier die mathematischen Fähigkeiten beeinträchtigt hat oder ein anderes Phänomen vorhanden ist – denn 4 Fender auf backbord + 4 Fender auf steuerbord = 7. Kann nicht sein, also nochmal: 4 + 4 = 7. Fehler erkannt, 4 + 3 = 7.

Ein kurzer Blick ins Wasser, nichts zu sehen, kein Zweifel, der Fenderklau hat zugeschlagen. Bei genauerem Hinsehen, entdeckt man noch etwas Interessantes. Der Fenderklau hat nicht nur einen mitgenommen, sondern auch noch einen ausgetauscht. Tausche uralt und vergammelt gegen neu. Ist doch nett von ihm, dass er wenigstens einen alten da gelassen hat. Wie rührig.

Ratespiel – eine Yacht ist weg, die anderen sind noch da. Nein, nur ein Ratespiel, natürlich niemals ein Verdacht. Wer macht denn so etwas? Nein, bekanntlich sind Leute auf See grundehrliche Typen, vergleichbar mit den Bergmenschen, wo auch immer alles im grünen Bereich ist, denn Ski und Skistöcke vermehren sich bekanntlich auch nur selten vor den Hütten.

Viel Freude mit unseren Fendern, es waren nagelneue in hoher Qualität und nicht aus dem maritimen Discountshop. Glückwunsch zu diesem Fischzug!

Übrigens – das war schon das zweite Mal, einmal ist es sogar in einer großen Marina passiert. Wir überlegen jetzt, ob wir unsere Fender mit einer unsichtbaren Lösung einpinseln, die sich auf der Haut des Fenderklaus rot verfärbt und nie mehr abgeht. Mein Schwager ist Chemiker, er arbeitet an dem Produkt.

Wir werden dann ein Start-Up gründen und dieses Produkt unter der Bezeichnung FoC „Fenderklau-ohne-Chance" auf dem Markt bringen. Selbstverständlich wird der Fenderklau durch einen Aufkleber gewarnt. Na ja, „I have a Dream".

Wir haben zur Sicherheit immer zwei Reserve fender zu den ohnehin vorhandenen vier auf jeder Seite dabei.

We are the Champions
erst nervig – am Ende aber doch lustig

| Hauptdarsteller | ▶ Crew Albatros und eine Charter-Crew Tschechische Republik |
| Erlebt und erzählt von | ▶ Elke und Gerhard |

Wer kennt ihn nicht, diesen Supersong von Freddy Mercury und Queen.

Sonne, Wind aus Nordwest mit 3 bft., nichts was stören könnte – glaubt man. Elke und ich liegen gemütlich im Cockpit, das Ruder haben wir an unseren stummen, aber zuverlässigen Freund Autopilot delegiert. Hätten wir einen Rückspiegel an Bord, dann hätten wir auch bemerkt, was sich da von Achtern her nähert.

Eine Segelyacht, ungefähr unsere Größe, mit hohem Fröhlichkeitspotenzial an Bord. Ist doch in Ordnung, warum denn nicht fröhlich sein, noch dazu bei so einem Wetter. Aber, dass die uns unbedingt auf Luv und nicht gerade in beruhigendem Abstand überholen wollen muss ja nicht unbedingt sein. „Wieder welche, die die Regeln nicht kennen oder ihnen einfach egal sind", unser Dialog. Und wieso kommen die uns überhaupt so auffällig näher? Bei genauem Hinhören ist die Lösung schnell gefunden – die Freunde haben ihren Diesel aus dem Wachkoma geholt, wenn auch nur sehr dezent. Als sie sich direkt nähern schicken sie ihn wieder in die Nachmittagspause und wollen uns offenbar vormachen, dass sie uns mit Flaute und Sonne überholen. Aber warum denn nicht auf Lee, so wie es sich gehört?

Aus ihrem Bordlautsprecher ertönt „We are the Champions", die Jungs, eine tschechische Crew, sind gut drauf und grüßen uns freundlich und singend. Ob da etwas Becherovka in der Blutbahn war, bleibt eine offene Antwort. Egal und zum Glück haben sie ihren Abstand doch noch etwas vergrößert. Wir grüßen, trotz der doch unerfreulichen Situation freundlich zurück, obwohl sie uns natürlich buchstäblich den Wind aus den Segeln nehmen.

Na wartet, ihr kennt uns nicht. Wir lassen sie langsam vorbei ziehen und wechseln hinter ihnen schnell die Seite. Nicht um sie zu bestrafen, nur um sie zu ärgern – aber das alles auf lustige Art und Weise. Unser Glück war, dass der Wind etwas zulegte und wir offenbar mehr Fahrt machten und die Queen-Crew etwas sehr unkonzentriert war. Denn schon waren wir auf ihrer Luv-Seite und aus war´s mit ihnen. Elke lachte zu ihnen freundlich hinüber und markierte eindeutig: „We are the Champions"

Man bot uns sogar symbolisch zwei Gläser an und wir verabschiedeten uns mit Freddy Mercury.

Am Abend angelten sich die Jungs eine Boje, genau neben uns – ein Zufall. Jetzt konnten wir endlich anstoßen auf diese kleine Queen-Regatta. Sie sahen auch ein, dass das nicht gerade die feine maritime Art war, die auch anders ausgehen kann.

Es war sein letzter Törn
der Grund für einen nicht erwiderten Gruß kann auch traurig und grausam sein

Hauptdarsteller	▶ **unbekannte Familiencrew auf einer Hallberg Rassy**
Erlebt von	▶ **Moni und Hartwig und Elke und Gerhard**

Es gibt bekanntlich Situationen, in denen man sich denkt, warum verhalten sich andere Menschen denn so komisch? Haben die etwas gegen uns, mögen sie uns nicht oder sind sie einfach irgendwie unfreundlich. Genauso erging es uns als wir zwei Tage am Stadtkai des wunderschönen Ortes Primosten in Kroatien lagen. Neben uns eine sicher bereits ältere, aber bestens erhaltene Hallberg Rassy. An Bord waren drei Personen, davon ein älterer Mann.

Es ist ja nichts Ungewöhnliches, dass man nach Beendigung des Anlegemanövers seine Nachbarn in irgendeiner Form grüßt – muss ja keine Begrüßungszeremonie werden. Wir wunderten uns natürlich, dass unser kleiner Gruß in keiner Weise erwidert wurde und sortierten die Crew kurzerhand in die berühmte Schublade ein. Hier mit der Aufschrift „unfreundlich".

Nach einem Besuch unseres Lieblingsweinkellers kehrten wir mit einem Dreiliterkanister zurück und füllten unsere Gläser, die schon sehnsüchtig darauf warteten. Der Wein stellte sich als etwas ganz Besonderes heraus, „ein Babic mit Fettaugen". Neue Creation? Kann nicht sein. Also zurück zur Winzerin. Das Rätsel war schnell gelöst, in diesem Kanister war vorher Olivenöl. Nema Problema, neuer Kanister, Öl-Wein in den Abguss, freundliches Lächeln und zurück zu unserem Albatros.

Was ist das, unsere Nachbarn erwachten zum Leben und zeigten den Anflug eines Lächelns und wunderten sich über unseren erneuten Weineinkauf. Vermutlich sortieren sie uns in die Schublade „aAK – anonyme Alkoholiker" ein. Wir erzählten ihnen kurzerhand unser Weinerlebnis und ihr eher verkrampftes Lächeln wurde jetzt wirklich zu einem Lächeln.

Fünf Gläser waren schnell gefüllt, jedoch eines blieb unberührt und voll. Warum? Der ältere Herr mit dunkler Sonnenbrille und Stock trank keinen Wein „mehr". Es war seine letzte Reise, er hatte Krebs im Endstadium. Die beiden anderen Personen waren seine Tochter und sein Schwiegersohn, die ihm diese eigentlich „vorletzte Reise" ermöglichten, indem sie das Schiff steuerten.

Das wunderschöne Schiff, auf dem er sicher viele Jahre glücklich verbrachte, wurde in der Heimatmarina, irgendwo in Kroatien, ausgekrant und mit dem berühmten Schild „for sale" geschmückt.

Auf so einer „letzten Reise" wird wohl kaum jemand fröhlich sein und jederzeit unbeschwert freundlich grüßen. Uns überfiel die Gänsehaut und wir hatten wieder einmal erheblich dazugelernt.

Sein Glas Wein haben wir in das Meer gekippt – für Rasmus. Möge er auf ihn aufpassen, auch wenn er hier unten nicht mehr unterwegs sein wird.

Meine ganz persönliche Meinung zum Thema „Bordgruß", die sicher nicht nur Anhänger findet

„Grüß Gott, Servus, Grüizi" und das Ganze hundert Mal innerhalb einer Stunde.. Kennen Sie das? Sie kennen es vermutlich nur, wenn Sie im Gebirge unterwegs sind. Hier wird eben gegrüßt. Kein Mensch käme auf die Idee, in einer Stadt jeden und jede zu grüßen, die oder der einem begegnet. Vielleicht würden manche sogar denken, dass diese Person etwas verrückt ist. Ist ja auch nicht übel, wenn man freundlich ist. Nur was ist los, wenn immer mehr zu Tal hopsende Alpinos freudig ihr „Grüß Gott" schmettern und die Lunge der zum Gipfel strebenden Bergwanderer*innen signalisiert „du bekommst mich nur noch zum Schnaufen und zu sonst nichts!". Sind diese armen Kreaturen deshalb Muffel? Skipper*in und Crew haben es da schon einfacher. Keine Lunge meldet sich. Ein Winken zu erwidern braucht keine Luft und gehört eben dazu, zur Freundlichkeit. Deswegen muss man sich ja nicht gleich die Gelenke verrenken nach strengem Marineritual. Aber, muss man umgekehrt einen Skipper oder die gesamte Crew bei einem zufälligen späteren Aufeinandertreffen als Muffel beschimpfen, nur weil sie einen Gruß nicht erwidert haben. Vielleicht war es ein Versehen, vielleicht gab es auch einen aktuellen Grund an Bord, der diese Handlung zweitrangig machte. Vielleicht hatten sie buchstäblich alle Hände voll zu tun und bekanntlich hat man ja nur zwei davon. Es gibt übrigens auch Crews, die ganz freundlich und ausgelassen grüßen, obwohl sie einer anderen Yacht das Wegerecht streitig machen oder eine Motoryacht einen Segler mit wunderschönen Wellenbergen eindecken, dass man meint, ein Tsunami sei im Anmarsch. Hier wäre vermutlich eine Entschuldigung die bessere Variante.

Axel und sein kuriosester Fang
Angelschnüre lieben Motorwellen und Propeller

Hauptdarsteller	▶ rücksichtsloser Skipper, Name unbekannt
Erlebt und erzählt von	▶ Axel

Axel ist ein alter Hase, mit allen Wassern gewaschen und schon viele Jahre mit seinem Schiff unterwegs. Wir kamen mit ihm auf einer Bank an einem Kai ins Gespräch. Die Bank befand sich unweit der Einfahrt in den Hafenbereich von Trpanj wo sich bekanntlich sehr oft Petrijünger für ihr Erfolgserlebnis treffen. Mich nervt das jedes Mal, denn Gedanke an so einen Perlonfaden, der sich um die Welle wickelt und verschweißt, ist für mich ein Graus. Die gleiche Situation kennt man ja von Durchfahrten bei Brücken. Ich bin kein Angler und weiß auch nicht warum diese Plätze so interessant sind. Ist mir auch egal. Also, Axel hat natürlich eine Angel an Bord und nicht gerade eine sehr kleine. Ein Schwertfisch und ein Thunfisch hatten schon Bekanntschaft mit seinen Ködern und Haken gemacht. Kein Anglerlatein, wir haben die Bilder gesehen.

Axel segelt alleine oder ab und zu mit einem Freund oder eine Freundin natürlich, wenn sich das halt ergibt. Axel angelt natürlich auch von seinem Schiff aus, was nicht gerade den Vorschriften in verschiedenen Ländern entspricht. Egal, das ist nicht das Thema. Alleine ist das alles etwas kompliziert, wenn tatsächlich ein größeres Exemplar anbeißt während der Fahrt. Daher hat er auch gar nichts gegen gelegentliche Gesellschaft an Bord.

Axel kommt aus Montenegro zurück und segelt an Dubrovnik vorbei Richtung Korcula. Bei einer Durchfahrt zweiter Inseln im Bereich der Elaphiten kommt ihm eine Segelyacht unter Motor entgegen. „Obwohl ich kurz kreuzen musste, machte dieser Trottel keinerlei Anstalten auszuweichen", so seine Worte. Und was dann, wollen wir wissen. Er erzählt weiter: „Auf einmal verringerte sich meine Fahrt, keine Ahnung warum, der motorende Nichtsegler entfernte sich langsam. Dann sah ich, wie sich seine Riesenangel immer weiter zu biegen begann, als wäre ein Monsterfisch daran hängen geblieben. Vielleicht ein Weißer Hai?. Irrtum, es war mein Anker. Kurz darauf tat es einen Riesenschlag und ein etwa 10 Zentimeter großer Metallköderfisch landete mit einem Knall bei mir auf dem Deck. Ein nicht essbares Exemplar, völlig ungenießbar!. „Wenn der mi troffen hät, der hät mir den Schädl einghaut". Axel ist Wiener.

Andros hat gut aufgepasst
Flaggen bitte richtig anbringen

Hauptdarsteller ▶ **Andros**
Erlebt von ▶ **Elke und Gerhard**

Ich mag Leute ohnehin nicht, die immer nur sagen „mir kann so etwas nie passieren" oder ähnlichen Quatsch von sich geben. Das berühmte Fehlerteufelchen lauert praktisch immer und fast überall.

Also, wir zogen unser Trailerboot, eine rassige ganz kleine Jeanneau 20 Sun Fast von der Fähre, um sie auf der Insel Lefkada irgendwo ins Wasser zu slippen. Der Platz war schnell gefunden und zwar in der Bucht Nydri, genau vor einer Taverne. Wir freundeten uns sofort mit dem Tavernenwirt Pedro an, ist ja in Griechenland kein Problem, alles freundliche Typen. Pedro zeigte uns eine kleine Slipstelle und schon war unser Seezwerg im Wasser und an der kleinen Mole. Viel zum Einladen war es nicht, denn der Platz auf so einer schwimmenden, aber super segelnden, Nussschale ist ja auch nicht sehr groß und wir hatten ohnehin nur rund 10 Tage Zeit mit festem Fährtermin für die Rückreise nach Triest.

Also, letzter Akt, die griechische Gastlandflagge hissen. Zwei Knoten, hochziehen und schon wehte sie im Wind des Ionischen Meeres. Ein erstaunter Blick eines vorbei gehenden älteren Einheimischen ließ uns zunächst völlig kalt, denn das Bier bei Pedro wartete schon. Aber als er seinen Blick nicht mehr von der Flagge ließ und mehrmals deutete und in griechischer Sprache etwas sagte, was wir absolut nicht verstanden, wurden wir doch langsam stutzig.

„Pedro, he, was meint er?", riefen wir unseren neuen Freund zu Hilfe. „Verkehr herum", seine Antwort und lächelte, während er sich eine neue Zigarette anzündete und 4 Ouzos einschenkte – zwei für uns, einen für Andreas den Entdecker und einen für sich selbst. Ja, wir hatten es tatsächlich geschafft, die griechische Flagge „auf den Kopf zu stellen" und hätten es vermutlich gar nicht so schnell bemerkt.

Runter, ändern und wieder hinauf – kanene próvlina kalá, kein Problem, alles gut. Es wurde noch ein lustiger und feuchter Abend.

**Flagge ist eben doch nicht gleich Flagge
und ein Fetzen ist überhaupt keine Flagge**

Ja, wo gehört sie nun wirklich hin? Wer denn eigentlich? Na, die Flagge des Gastlandes und vielleicht eine eigene. Vielleicht „Blau-Weiß" für eine Bayern-Crew", mit einem „Roten Pferd auf weißem Grund" für Yachties aus Niedersachsen oder der „Tiroler Adler" einer Crew aus Innsbruck. Schön anzusehen sind auch riesige Fahnentücher mit Brauereiemblem, so dass man denkt, es kommt die nächste Biergroßlieferung. Daher auch etwas größer, so in etwa wie ein Badetuch, passt schon! Der Gastlandwimpel hat schließlich auch darunter Platz. Seine eigene Schuld, dass er nicht größer ist. Am besten ganz darauf verzichten, bremst nur die Geschwindigkeit.

Flaggen und Fähnchen sind „in". Spätestens seit den letzten Welt- und Europameisterschaften der Fußballer und Handballer wehen an Häusern, in Gärten und auf Autos schwarz-rot-goldene Fähnchen. Meistens sind diese in einem guten Zustand und werden so richtig gepflegt. Warum sehen dann manche Gastlandflaggen auf Yachten so jämmerlich aus? (Meine ganz persönliche Meinung)

Die Warteschlange an der Tankstelle
auch Römer stellen sich bitte hinten an

Hauptdarsteller	▶ Nora, Henry sowie die Yacht Freedom II und zwei Skipper italienischer Yachten
Erlebt und erzählt von	▶ Nora und Henry (Teil 1)
und beobachtet von	Elke und Gerhard (Teil 2)

Henry, ein eher gelassener Skipper mit einer 45-er schon betagten Bavaria, saß am Abend mit seiner gesamten Crew, also seiner Frau Nora, mit uns an einem Tisch in einer kleinen Konoba auf der Insel Vis. Wie es eben so ist, man unterhält sich doch sehr oft über das Segeln, erzählt Geschichten und freut sich insgeheim, dass auch anderen Dinge passieren, die man auch selber schon erlebt hat. Zum Beispiel unruhige Zeitgenossen an der Tankstelle. Bei der Autotankstelle ist die Reihenfolge ja klar vorgegeben. Wer steht, der steht und Vordrängeln ist eigentlich nicht möglich. Am Wasser sieht das bekanntlich anders aus, denn oft muss man eben doch eine kleine Warterunde drehen, wenn der „Tanker" seinen überaus durstigen Dieselspeicher einfach nicht voll bekommt. Und es gibt eben doch eine Reihe von Tankstellen, die nur für eine Yacht Anlegeplatz bieten.

Henry zeigt mit dem Finger zur nicht weit entfernten Tankstelle, wo sich offenbar gerade zwei Yachten um die Poolposition streiten. Und schon startet seine Story von einer Art Zweikampf an einer Tankstelle auf Mljet, auf dem Weg zur Überfahrt nach Italien. Die Beiden sind fast das ganze Jahr unterwegs und überwintern auch schon mal in Tunesien. Wäre alles kein großes Problem gewesen als ihn eine italienische Yacht, die gerade einklariert hatte, den

Tankschlauch streitig gemacht hätte, wenn nicht die bald ankommende Fähre gewesen wäre. Denn sie verursacht meist einen unangenehmen Schwell und da ist es besser, man ist noch nicht da oder schon wieder weg. Also, verteidigte Henry seinen Platz berechtigt, denn er war zuerst dran. Alles andere als Liebeslieder von Adriano Celantano oder Umberto Tozzi, stattdessen begleitete unfreundliches Getöse auf der ItaloYacht den friedlichen Tankvorgang.

Bezahlen und schnell ablegen, denn das Fährmonster drohte sich an. Luigi, oder wie er immer geheißen haben mag, legte längsseits an und schon kam der Schwellgruß der Fähre. Seine Allegro mit wunderschönem weißen Rumpf, hüpfte etwas sehr unruhig und beschäftigte die gesamte Crew mit der Fenderdynamik. Seine „Begrüßungsworte" waren nicht zu überhören – vermutlich galten sie uns, meinte Henry.

Wir selbst lagen an diesem Tag in der Bucht von Vis an einer Boje in der Nähe der Tankstelle und wurden Zeugen eines wunderbaren Schauspiels. Die Tankstelle öffnet um 07:00 Uhr, eine Yacht mit der Aufschrift „Freedom II" hatte offenbar den Plan möglichst bald dort zu sein, um zu tanken. Unser nächstes Ziel war Lastovo und dann hinüber nach Vieste. Wir hatten also keine übermäßige Eile an diesem Tag. Freedom II kam immer näher, aber manch einer ist eben oft noch schneller und so lag ein Motorboot bereits am Tankkai - und da geht ja nun doch Einiges rein in den Speicher. Kein Problem für den Skipper, leicht kreisen, vor, zurück und eben geduldig warten.

Mit diesem stressfreien Geduldsprogramm scheint sich jedoch so mancher nicht anfreunden zu wollen. Und was ist das, eine Segelyacht, in etwa gleicher Größe, kommt kampfbereit auf Freedom II zu, genau in dem Moment, als er wieder einmal einen Pausekreisel fuhr. Und was steht am Rumpf – ROMA mit einer Nummer. Kann doch nicht sein. Befürchtungen, es könnte der Typ aus Henrys Erlebniskiste sein, stiegen bei uns schlagartig hoch. Die Spannung stieg, der Motorboot-Skipper geht gemütlich zum Bezahlen, nur keinen Schritt zu schnell, könnte ja Kalorien kosten, die der durchtrainierte Body mühsam aufgenommen hat. ROMA probiert es wieder und wieder an der Steuerbordseite des Gegners vorbei zu schleichen. Freedom II beschließt, trotz seines Namens, die Verteidigung einzuleiten, aber mit vorheriger Warnung an den Angreifer. Irgendwie muss der ROMA-Skipper zu viel Grappa im Blut gehabt haben oder er war einfach arrogant und verrückt. Immer wieder und immer wieder dieselbe Attacke. Statt eine Arie zu singen, vielleicht aus dem Repertoire von Andrea Bocelli, brüllte er hektische, sehr laute und unverständliche Worte. Auf jeden Fall klangen sie nicht besonders freundlich und friedlich. Freedom II machte ihm klar, dass ihm vermutlich ganz Rom gehöre, aber nicht die gesamte Adria und schon gar nicht Kroatien. Hier war zwar vor vielen vielen Jahren Venedig zu Gast, aber auch das ist längst Historie. Die Zeiten der venezianischen Seebeherrschung sind einfach Vergangen heit. Also, bitte hinten anstellen. Seine Crew begann langsam verbal gegen ihren Käpt'n zu meutern und legte schon mal vorsorglich die Fender. Freedom II war jetzt alles egal, der Tankkai wurde frei und der Skipper steuerte so knapp wie möglich darauf zu, damit sich die Spaghetti-Yacht (sorry, ist nicht böse von mir gemeint, eher etwas flapsig) nicht doch noch dazwischen schieben konnte.

Offenbar hatte der Capitano einen Pakt mit dem römischen Meeresgott Neptun geschlossen. Wäre der ihm nicht wohl gesonnen gewesen, hätte sich die römische Galeere in den Leinen der kleinen Fischerboote verfangen, die am Kai tümpeln, oder wäre einfach aufgesessen. Die Wassertiefe beträgt am Rand der Tankstelle nur rund 1,20 Meter.

Vielleicht hatte die Galeere aber auch gar keinen Kiel – wer weiß?

Ich empfinde derartige Verhaltensweisen nicht nur arrogant und unerfreulich, sondern auch gefährlich und völlig überflüssig. Zur Not gibt es immer noch die höfliche Kommunikation, sollte tatsächlich ein wichtiger Grund für ein "Vorlassen" vorliegen. Und das wird wohl niemand ablehnen. Hoffe ich zumindest.

Die Boje – das Objekt der Begierde
Alice und die Wunderboje

Hauptdarstellerin　　▶ Alice und ein Unbekannter
Erlebt und erzählt von　▶ Alice

Alice ist Engländerin und mit ihrem Mann John viel unterwegs. Beide stammen aus der Gegend um London lieben die Wärme des Mittelmeers, vor allem der Adria. Allein der Gedanke an graue Fischerhäfen auf der Westseite Schottlands mit oft fragwürdig verankerten Bojen lässt sie an ihrem Entschluss nicht zweifeln, sich für südliche Gefilde entschlossen zu haben. Und – sie lieben Bojen, vor allem wenn sie vernünftig verankert sind. Nun, ob das wirklich immer der Fall ist, kann auch in südlichen Breiten bezweifelt werden und Vorsicht ist immer geboten. Umgekippte Blöcke und durchgescheuerte Leinen sind nicht so selten. Dafür gibt es aber eine große Anzahl, vermutlich sogar die überwiegende, intakter und sorgsam verlegter Bojen-verankerungen.

Alice und John segeln auf einer Nauticat, also einem komfortablen und bequemen Schiff. Mit ihm ist keine Regatta zu gewinnen, aber Lebensgefühl zu genießen – und genau das wollen die Beiden.

Alice erzählt uns ihr kleines Bojen-Abenteuer als wir in einem wunderschönen Restaurant nebeneinander sitzen. Der Wirt des Restaurants hat in seiner Bucht, natürlich mit Konzession, drei Bojen für Gäste ausgelegt mit der Telefonnummer, damit man vorher anrufen kann, ob die Boje überhaupt frei oder reserviert ist. Der Wirt verzichtet nämlich darauf, bei einer Reservierung die Boje zu kennzeichnen, zum Beispiel durch einen kleinen Fender oder Ähnliches. Wir sehen von der wunderschönen Terrasse aus, dass sich da gerade ein kleiner Zweikampf um die letzte der drei Bojen entfacht. Das war der Impuls für Alices Story. Wir übersetzen hier die Story vom Englischen ins Deutsche.

„Wir steuerten gegen 18 Uhr abends die letzte freie Boje in einem Bojenfeld einer Gemeinde an. Kein Konkurrent zu sehen, also keine übergroße Eile. Als wir ca. fünf Meter von der Boje entfernt waren, ich stand am Bug mit den Bojenhaken bereit, das Ding gezielt einzufangen, wanderte es einfach zwei Meter nach rechts. Erst motzte ich John am Steuer an, er solle gefälligst genau hinsteuern, der aber war sich keiner Schuld bewusst. Also, das Ganze noch einmal. Wieder kurz vor der Kugel, Enterhaken ausgefahren und wieder weicht dieses Mistding aus. Irgendwie kam ich vor wie in der TV-Sendung Vorsicht Kamera. Wir wechselten die Positionen. John ging auf Fangposition und ich an das Steuer. Let´s try again, rief John. Also, auf ein Neues. Das gleiche Spiel, nur, dass dieses Mal ein Gummimännchen den Kopf hochreckte und mitteilte, it´s our buoy, the sailing ship Windy is coming soon. Na, super, sagten wir uns, soweit ist es schon, dass Bojen von Tauchern bewacht werden.

Do you have a reservation?, fragten wir den Unterwassermenschen. No, but I am from the sailing ship Daniel beside, and we are waiting for our friends.

Wir verzichteten auf einen Zweikampf, den wir ohne weiteres für uns entschieden hätten, denn irgendwann hätten wir diese Boje sicher erwischt. Uns war aber die Verletzungsgefahr für den Unterwasserwächter zu unberechenbar – und das ist eine Boje nicht wert.

Es war mehr ein Zufall, dass tatsächlich eine Yacht kurz darauf eine Boje verlassen hat, sie waren offenbar nur zum Einkaufen an Land. Dieses Erlebnis war jedenfalls auch für uns, die seit vielen Jahren unterwegs sind, absolutely new."

Noch eine Seemeile, die Bucht liegt greifbar nahe und was ist das? Ja, gibt es denn das wirklich? Wer erlaubt sich außer uns auch in diese Bucht zu fahren und sich eine Boje zu angeln? Na ja, 30 dieser Dinger sollen in der Bucht liegen, wird wohl noch eine übrig sein für uns. Nur eine einzige, mehr wollen wir ja gar nicht, eine einzige. Und hier ist sie, gesichtet vom Crewmitglied im Ausguck. Die letzte, die allerletzte, der Abend scheint gerettet. Nur noch anfahren, Bojenhaken flott machen, Bojenleine bereithalten, kurzer Adrenalinstoß und dann haben wir sie, träumt der Skipper. Aber, was ist das? Ein zweiter Interessent nähert sich unaufhaltsam. Also, Gas und ran an das Ding. Der Bojenfänger auf der Konkurrenzyacht fuchtelt bereits mit seinem Haken und übt sich schon mit Fangbewegungen. Offenbar befindet er sich noch in der mentalen Vorbereitungsphase, um ja keinen Fehlfang zu riskieren. Wir haben sie, sie gehört uns und wir geben sie nicht mehr her.

Baden Sie nur
oder bleiben Sie wirklich über Nacht?

Hauptdarsteller	▶ **unbekannte Personen auf Motorbooten**
Erlebt und erzählt von	▶ **Monika und Rupert**

Ein Sprung ins Wasser, noch ein Sprung und noch ein Sprung. Warum auch nicht? Es ist Ende Juni, lange hell und früher Abend als wir in ein Bojenfeld einliefen. Voll, alles belegt, nicht ungewöhnlich, da ja Viele bereits mittags einen Nachtplatz suchen. Ist ja auch nicht verboten und legitim.

Zur Sicherheit durchstreifen wir das großzügige Bojenfeld, aber offenbar tut sich nichts. Bleiben die wirklich alle, fragen wir uns, vor allem drei kleinere Motorbötchen ohne erkennbare Kajüte hängen an zwei Bojen, die Personen baden vergnüglich. Völlig legitim, warum auch nicht. Keine Chance, also weg von hier und auf zu neuen Ufern. Es sind ja noch drei Stunden bis zum Abend und unweit davon ist ein Ankerplatz, der mit dem Bojenfeld nichts zu tun hat, also Ankern ist erlaubt. Das einzige kleine Problemchen dabei ist, dass dort ein sehr felsiger Grund ist, in dem sich der Anker sehr gerne verhakt und das Ufer auch nicht sehr weit entfernt ist. Vorher ist es einfach mit rund 25 Metern zu tief – jedenfalls für uns, trotz 60 Meter Kette.

Das Bojenfeld wird langsam kleiner, aber was ist das? Das kann doch nicht sein, die drei Motories legen ab. Und was ist das? Eine andere Yacht angelt sich eine der frei gewordenen Bojen.

Wir sind sauer. Unser Anker war zum Glück noch nicht eingefahren oder sogar vielleicht verhakt, also hoch das Eisen und schnell zurück. Bojenleine einfädeln und alles ist gut.

Nein, nichts ist gut, überhaupt nicht. Hätten diese Drei nicht einen kleinen Hinweis geben können, dass sie ohnehin in rund 5 oder 10 Minuten ablegen? Verpflichtet dazu ist niemand, aber irgendwo gibt es noch einen Anstand – meinen jedenfalls wir.

Eine Bojenleine kostet rund 35 Euro
eine Yacht etwas mehr

Hauptdarsteller	► unbekannte Crew einer Charteryacht
Erlebt und erzählt von	► Maria

Maria und Walter sind mit ihrem Sturmvogel II unterwegs in eine Bucht, die nach Südosten völlig offen, aber gegen Nordosten sehr gut geschützt ist. Den Namen der Bucht sollen wir nicht erwähnen, da sie meinen, dass der Betreiber des Bojenfeldes sonst Probleme bekommen könnte, obwohl er für den Vorfall überhaupt nichts dafür kann. Maria erzählte uns diese Episode im kleinen Lokal des Bojenbetreibers.

Warum die beiden diese Bucht ansteuerten hatte einen einfachen Grund, es war für die Nacht aktuell, das heißt um 12 Uhr mittags, sehr starker Wind aus Nord/Nordost gemeldet, sogar bis 40 Knoten und das ist ja nun wirklich wahrlich kein Spaß – selbst für eine Segelyacht mit diesem Namen „Sturmvogel". Die beiden angelten sich eine Boje nahe dem Nordostufer, da es hier bei dem gemeldeten Wind am ruhigsten sein wird. So langsam füllte sich das Bojenfeld, es waren aber immer noch einige frei.

„Weather Forecast um 15 Uhr: During the night very strong wind from south easterly fourty to fourtyfive knots, decreasing in the late morning.

Habe ich mich verhört oder bin ich besoffen?, fragte ich mich. Nein, nichts davon, es stimmte einfach. Dieses Phänomen ist nicht selten und auch nicht weiter schlimm, wenn man nicht gerade in einer Bucht herumliegt, die plötzlich völlig unbrauchbar wird, da auch noch starke Dünung hinein steht.

Das kurze Bordgespräch ergab, für eine „Flucht" ist es viel zu spät, einzige Alternativen sind mindestens 20 Seemeilen Richtung Süd/Südost entfernt und wer weiß genau, wann der Südostwind loslegt. Also, hierbleiben und überstehen. Nur nicht an dieser Boje, die viel zu nahe am Ufer liegt und noch dazu genau in der zu erwartenden Dünung. Kurzer Blick in die Runde und schon war ein Objekt ausgeguckt, da zumindest etwas aus der zu erwartenden Dünung liegt und auch dem Wind nicht unmittelbar ausgesetzt zu sein schien. Ein dicker Katamaran hatte dieselbe Idee, jedoch waren noch einige Bojen in diesem Bereich frei. Also, kein Problem. Bojenleinen los und in die neue Boje rein. Walter tauchte den Bojenblock zur Sicherheit ab, bei rund 7 Meter geht schon noch, meint Maria lächelnd. Alles in Ordnung, sein Ergebnis. Wir fädelten aber trotzdem noch eine dritte Bojenleine durch den unteren Ring, um soweit wie möglich sicher zu sein.

19 Uhr, nichts regt sich, kein Lufthauch. Die bekannte Ruhe vor dem Sturm?, fragte sich Maria. Eine Segelyacht mit sechs Personen lief ein und ergatterte die letzte Boje – es war, die die wir verlassen hatten. Eine Leine in den oberen Ring, Maschine aus, Bojenschluck. Beiboot herunter, Außenborder drauf und ab geht's zum Essen an Land.

Sie hatten viele freie Plätze, denn die meisten blieben offenbar vorsorglich auf ihren Schiffen. 21 Uhr – Rückkehr, der kleine Knattermann am Heck des Beibootes hatte alle Mühe gegen den inzwischen aufgefrischten Südostwind die Personen in zwei Portionen zurück zur Yacht zu befördern. Das Beiboot blieb natürlich samt Motor im

Wasser an einer schönen langen Leine und verschwand langsam an die Steuerbordseite der Yacht. Es kehrt Ruhe ein, außer, dass der Wind langsam zu heulen begann. Wir beschlossen Bojenwache zu halten, das ist unsere Formulierung statt Ankerwache – hier gibt es ja auch keinen Anker.

03:00 Uhr morgens – ein Knall, ein Schebberer, ich schrecke aus meinem Leichtschlaf im Cockpit im gemütlichen Schlafsack auf und bekomme das Grausen. Die Yacht an unserer ehemaligen Boje hat sich losgerissen und knallt in gleichen Abständen immer wieder auf die Steine am Ufer. Es ist schrecklich, es tut einfach weh!

Inzwischen sind fast alle in der Bucht wach, Lampen leuchten, Hilfsangebote werden gerufen, aber hier gibt es praktisch nichts zu helfen, wäre auch viel zu gefährlich, der Sturm legt noch etwas zu. Skipper und Crew der Yacht geben den anfänglichen Plan, die Yacht mit Fendern und Schlauchboot abzupolstern, was völlig irrsinnig wäre, schnell auf und gehen von Bord. Hier gibt es wirklich nicht mehr zu tun.

Was war passiert? Nicht die Bojenverankerung war gerissen, sondern die Bojenleine der Crew war schuld. Ganz einfach, die Bojenleine ist gerissen. Ja, es stimmt, die Bojenleine, sie hatte nur eine durchgezogen. Ein grober Fehler, wie sich zeigt. Ob die zweite jedoch gehalten hätte, wenn sie im gleichen schlechten Zustand oder viel zu dünn war, ist fraglich.

Es war eine Charteryacht, am Morgen kam ein Boot der Chartergesellschaft und richtete die Yacht auf. Es war Montag, der Törn war nach einem Tag zu Ende.

Erstaunlich, was so ein Kahn alles aushält. Rund 6 Stunden knallend an die Felsen und trotzdem kein richtiges

Loch im Rumpf. Die Yacht konnte sogar noch selbstständig fahren, was natürlich ein Mitarbeiter der Chartergesellschaft übernahm.

Übrigens, sie waren nicht die Einzigen in dieser Nacht. In der kleinen Nachbareinbuchtung hat es noch einen erwischt. Diese Yacht war aber völlig hinüber, Löcher im Rumpf und merkwürdig wirkender Mast. Sie wurde abgeschleppt.

Wir bleiben dabei, sagt Maria, wir verwenden ausschließlich Qualitätsleinen von renommierten Herstellern. Eine Bojenleine kostet rund 35 Euro, eine Festmacherleine rund 80 Euro. Was ist das schon im Vergleich zum Wert unserer Yacht? Nichts! Und, schiebt sie noch hinterher, wir ersetzen unsere Leinen konsequent nach entsprechender Benutzung. Wer diese Euro nicht übrig hat, der soll es lieber bleiben lassen, denn man gefährdet damit auch andere Yachten, wenn man bei einer reißenden Leine auf sie draufknallt."

Danke, Maria für deine ehrliche Aussage zur eigenen Einstellung. Sie entspricht voll und ganz meiner.

Zelko ist stinkesauer
Bojen und Ankerketten lieben sich einfach nicht

Hauptdarsteller	▶ **Zelko und die Crew einer anderen Yacht**
Erlebt und erzählt von	▶ **Zelko**

Zelko ist Kroate und segelt schon seit er Laufen gelernt hat. Bojen sind für ihn, wie er selber sagt, Freud und Leid. Einerseits verringern sie immer mehr schöne freie Ankerplätze, andererseits verhindern sie die immer stärker werdende Beschädigung des Meeresbodens. Zu viele unkundige Skipper und unterwegs, di einfach das Ankermanöver nicht beherrschen und den Meeresboden umpflügen, weil sie mehrere Versuche benötigen, bis sich ihr Eisen endlich einmal, hoffentlich, eingegraben hat.

Zelko ist Mitglied eines Segelclubs und hat daher auch eine etwas sportlichere Yacht, man könnte sie schon fast als Rennziege bezeichnen. Zelko hat mit seiner Yacht Sunca III an einer Boje in einer Bucht fest gemacht. In den meisten Ländern, wo Bojen sehr verbreitet sind, gibt es Mindestabstände für Ankerer oder es ist in der Bucht überhaupt nicht erlaubt, weil sie dem Pächter gehört – und der bestimmt, was erlaubt und was nicht.

Zelko wollte sich gerade von einem Wirt zum Abendessen abholen lassen als eine Yacht in nicht allzu großer Entfernung von ihm die ersten Ankerversuche startete. Es störte den Freizeitskipper offenbar auch überhaupt nicht, dass Zelko ihm unmissverständlich klar zu machen versuchte, dass er viel zu nahe am Bojenfeld ankern will. Eine Yacht an einer Boje hat eben keinen

Schwojkreis und nur rund 5 Meter Leine vom Bug zur Boje. Die Yacht am Anker würde sich gnadenlos um die Yacht an der Boje wickeln.

Erfolglose Kommunikation, vierter Versuch, den Anker irgendwie am Boden unterzubringen. Viele laute Kommandos, kein Erfolg – zum Glück. Jetzt reichte es endgültig. Zelko, er hat auf seiner Rennziege kein Dingi dabei, lässt sich vom Wirt zum Ankerlehrling fahren. Unmissverständlich machte er ihm jetzt klar, dass „hier überhaupt nicht geankert wird" weil der Abstand viel zu gering ist und „es wohl besser sein wird, erst einmal das Ankern irgendwo anders zu üben oder am besten bleiben zu lassen".

Da anzunehmen war, dass diese Crew auch eine Boje, es waren noch mehrere frei, nicht vor Mitternacht erwischen wird, bot sich der Wirt an, ihm die Bojenleine einzufädeln. Zähneknirschend willigte Herr Skipper ein, feierte aber „sein gelungenes" Manöver mit Abklatschen und natürlich einem kräftigen Schluck.

Wir beobachteten das Theater von der Kneipe aus und kamen dann mit Zelko ins Gespräch. Zelko spricht, wie viele seiner Landsleute, sehr gut deutsch. Er war immer noch stinkesauer. Was wäre passiert, wenn sich das alles abgespielt hätte, wenn Zelko nicht an Bord gewesen wäre? Der Wind drehte in der Nacht und frischte zudem auf. Ein Crash wäre vorprogrammiert gewesen.

Ob Herr Skipper etwas daraus gelernt hat, lässt sich nicht nachprüfen. Da kein Anzeichen einer kleinen Entschuldigung oder eines Danke zu vernehmen war, ist die Hoffnung nicht allzu groß.

Anker-Boje = Boje für einen Anker
so steht es jedenfalls im Handbuch für Yachten

Hauptdarsteller	▶ **Giacomo**
Beobachtet von	▶ **Elke und Gerhard**

August, das ist bekanntlich die schlimmste Zeit für jeden Segler, der eigentlich zu dieser Zeit nicht unterwegs sein muss. Es gibt aber Landsleute, die müssen eben irgendwann zurück in ihre Heimatmarina und können nicht einfach irgendwo überwintern.

Giacomo mit seiner edlen Holzyacht Piccolo Vente aus Venedig, der Name ist etwas sehr zurückhaltend für ein knapp 48 Fuß langes Schiff, ist auf dem Rückweg nach bella Italia. Das Bojenfeld, in dem er übernachten will, ist voll belegt, also ankern. Kein Problem, denn freies Ankern ist hier in entsprechender Entfernung gestattet. Giacomo ist ein vorsichtiger Skipper und legt eine Ankerboje, um nachfolgenden Ankerern die Position seines Ankers zu signalisieren. Eine kräftige Ankerboje, weiß mit kräftiger Öse, um sie mit dem Bootshaken komfortabel an Bord zu ziehen.

Was Giacomo aber nicht ahnte, dass ihn nachfolgende Skipper als Bojenbetreiber betrachten sollten. So dauerte es nur kurze Zeit, nachdem er sich und seiner Crew, es war nur seine Partnerin an Bord, einen Espresso kredenzt hatte, als eine einfahrende Yacht seine wunderschöne Ankerboje als wirkliche Boje identifizierte und mit dem Bootshaken das angeln begann.

„Ehi, lascia stare questa cosa da sola, questa é la boa di ancoraggio, idioti!", ertönte es über den Bordlautsprecher, unüberhörbar in der gesamten Bucht. Was dieser Satz auf Deutsch heißen kann, lässt sich am letzten Wort ziemlich klar erkennen. Giacomo galoppierte zum Bug und gestikulierte wild.

Es ist zu vermuten, dass dem Skipper und der Crew die Schockstarre in die Leiber gefahren sein musste, denn im Normalfall durchpflügen diese Typen dann das gesamte Bojenfeld, obwohl nichts zu ernten ist, alles voll. Sie jedenfalls suchten unmittelbar das Weite, vermutlich aus Angst vor einer italienischen Bordkanone eine Breitseite abzubekommen. Giacomo jedenfalls legte sich zufrieden wieder in seinen bequemen Decksessel und genoss irgendwie die lachenden Gesichter so mancher Bojenlieger.

Wir selbst lagen an der letzten Boje im Bojenfeld und konnten das Schauspiel aus nächster Nähe beobachten. Es war einfach schön, wenn auch komplett idiotisch! Und wäre passiert, wenn Giacomo und seine „Crew"! nicht an Bord gewesen wären oder es wäre nachts passiert? Nicht auszudenken!

Ja, und so einfach ist das, wenn man sich an Gegenständen des Alltags orientiert. Ein Regenschirm ist nicht der Regen, sondern ein Schirm, der vor Regen schützt.. Ein Gartenstuhl ist kein Garten, es ist ein Stuhl um im Garten zu sitzen. Ein Kochlöffel ist kein Koch, es ist und bleibt ein Löffel zum Kochen und Olivenöl ist keine Olive, es ist eben Öl von der Olive. Man könnte diese Serie nahezu endlos weiterführen und käme immer zum selben Ergebnis – das reale Ding ist immer der zweite Teil eines dieser Begriffe, aber es gehört zum ersten Teil. Also, steht auch eindeutig fest: Eine Ankerboje kann kein Anker sein und es kann auch keine isolierte Boje sein. Nein es ist ganz klar eine Boje, die zu einem Anker gehört.

Sorry, unwissenschaftlich aber pragmatisch erklärt.

Ankerbojen – ja oder besser doch nicht?

Zu diesem Thema gibt es sicher sehr unterschiedliche Meinungen und Ansichten. Manche schwören darauf, weil man genau sieht, wo das Eisen versenkt wurde, vor allem dann wenn sich die Yacht dreht – was sie meistens macht. Ankommende Yachten tun sich dann eigentlich leichter, weil man genau sehen kann, wo der Anker liegt – vor allem wenn die Crew der bereits ankernden Yacht nicht an Bord ist.

Andere finden das ungünstig, da bei Schwojen die Boje von einer anderen Yacht berührt werden kann und diese sich sogar in der Boje verhängen kann. Zudem können andere Boote, vor allem nachts, daran hängen bleiben, weil man die Boje schlecht sehen kann.

Für und Wider und alle sind berechtigt. Ich meine, so eine Boje kann durchaus eine gute Hilfe sein wenn man in einer nicht sehr frequentierten Bucht weitgehend alleine liegt und sehr starker Wind aufkommt. Dann muss es aber eine Boje mit Automatikleine sein, damit sie senkrecht nach unten zum Anker führt. Vollkommen untauglich und abzulehnen sind selbst gebastelte Bojen, die sich nicht an die Wassertiefe anpassen lassen und wie eine Angelschnur herum schwimmt. Der Konflikt mit Propellern anderer Yachten ist im Prinzip dadurch vorprogrammiert. Also, Finger weg von derartigen Dingern. Wer sich für eine Ankerboje entscheidet, muss eben auch bereit sein, den entsprechenden Betrag dafür aufzubringen.

(Das ist meine ganz persönliche Meinung dazu)

Ankersalat – eine Delikatesse
John legt seine Schlangenkette aus

Hauptdarsteller   ▶ **John**
Beobachtet von   ▶ **Elke und Gerhard**

Wir sitzen gemütlich in einer kleinen Taverne in Poros – Griechenland. Unser Albatros liegt sicher mit unserer Ankerkette, rund 30 Meter am Boden am Kai. Neben uns drei weitere Segelyachten, eine deutsche Chartercrew, ein Norweger und ein Engländer. Es ist Ende Jun, 15 Uhr, i und dass das noch nicht alles sein wird, war zu erwarten. Wir sind heute etwas früh für unsere Verhältnisse am Liegeplatz, aber die totale Flaute veranlasste uns zur Entscheidung, einfach einen etwas entspannten Nachmittag anzugehen. An unserem Tisch saß das Paar aus Norwegen und wir unterhielten uns angeregt über ihr Heimatland. Nicht ohne Hintergedanken, da wir das kommende Jahr mit dem Wohnmobil die Natur Norwegens einmal erleben wollten.

Wir haben von unsrem Tavernenausguck alles im Blick, fast wie aus einem Leuchtturm. Ein Mast schiebt sich langsam in die Einfahrt. Das Schiff selbst erkennt man noch nicht, da die hohen Kaimauern fast alles verdecken. Jetzt ist es klar, englische Flagge, rund 32 Fuß lang. Was hat der vor?, fragen wir uns. Jonny, so nennen wir ihn jetzt einfach, fährt vorwärts in den rechten Teil des Hafenbeckens, stoppt auf, der Auspuff qualmt als würde er seinen Motor mit Braunkohle befeuern. Auf geht's zur Rückwärtsfahrt. Aber warum quer zu den ausliegenden Ankerketten? Jonny steckt Meter um Meter Kette bis er endlich fast die andere Seite des Hafenbeckens erreicht hat. Wir fragen uns langsam, wieviel Kette hat der überhaupt?

Jetzt dreht Jonny bei und fährt im rechten Winkel zum Kai, an dem auch wir liegen. So langsam beginnen wir alle vier zu befürchten, dass er seine offenbar 200 Meter lange Kette kreuz und quer im Hafen legen will. Nein, nur ein Scherzgedanke, die 200 Meter glauben wir natürlich nicht, aber irgendwann muss sie einfach am Ende sein.

Jonny fährt unermüdlich zurück. Ja, was ist denn das, eine Crew-Frau taucht aus dem Innersten des Zauberschiffes auf und soll nun die Lilly II irgendwo am Kai fest machen. Nehmen wir an, die Bordfrau hört auf Lilly. Also Lilly hat da ein kleines Problem, denn ihrem Jonny ist die Kette ausgegangen und Lilly II ist mindestens noch drei Meter vom Kai entfernt und der Kai ist so hoch, dass Lilly mindestens den siebten Grad im Sportklettern beherrschen müsste.

Jonny wird langsam unruhig, gibt Vollgas rückwärts, sein Kohlenmotor qualmt aus vollem Rohr – Achtung Feinstaubalarm! Hoffentlich sind keime Umweltaktivisten in der Nähe. Na ja, diese Gefahr isst in Griechenland eher gering.

Ist doch klar, dass wir helfen, das ist in diesem Land üblich und überhaupt keine Frage. Wir stehen ja auch schon bereit am Kai. Erster Wurfversuch landet im Wasser, zweiter Wurfversuch landet im Wasser, dritter Wurfversuch landet als Knoten im Wasser. So langsam sollte Jonny aufpassen, dass sich seine Leinen nicht doch einmal mit dem Propeller anfreunden. Also, Versuch Nummer vier klappt – beide Festmacher sind an Land und auch schon wieder zurück an Bord. Die rund 2 – 3 Meter Entfernung überwindet Jonny mit weiterer Kettenspannung und letztlich seinem 2,50 Meter langen Brett, sorry Gangway, das allerdings nur jeweils rund zwei Zentimeter aufliegt. No Risk, no Fun – Risiko gehört eben zum Leben. Alles ging gut.

Jonny hatte am nächsten Morgen sehr eilig mit dem Ablegen. Inzwischen lagen zwei Yachten neben ihm und es war eigentlich klar, was passieren wird. Ihre Ketten lagen über seiner in alle Richtungen verlaufenden Schlangen-Kette. Wie sollten sie auch ahnen, dass jemand so einen Blödsinn macht. Jonny kam offenbar auch nicht auf die Idee, dass hier ein ungenießbarer Salat auf dem Teller serviert wird – Ankersalat.

Um es kurz zu machen – natürlich war seine Ausfahrt sehr schnell beendet, weil seine Kette unter den beiden anderen lag. Die beiden mussten kurz ablegen, ihre Anker einholen, seine Kette befreien, was gar nicht so ohne war. Viele Fender verhinderten Schlimmeres und zum Glück war es windstill.

Warum hat dieser Seeräuber die beiden anderen nicht vorher informiert?, fragten wir uns alle. Das ganze Manöver wäre dann geplant abgelaufen und nicht so chaotisch und dazu noch riskant. Ein Hafenkino, das man nicht unbedingt haben muss.

Warum Jonny seine Kette so blödsinnig ausgelegt hatte, bleibt ein Rätsel. Wir und unsere norwegischen Tischpartner vom Vortag beschlossen jedenfalls, sehr wachsam zu sein, wenn wir einem Schiff mit dem Namen Lilly II begegnen sollten. Da hilft nur ein Ouzo – oder mehrere, damit man diesen ungenießbaren Salat gut verdauen kann. Jammas!

Mit dem Enterhaken in die Box
„unser Skipper ist noch jung und unerfahren, wir üben noch"

Hauptdarsteller	▶ **eine Chartercrew**
Erlebt von	▶ **Elke und Gerhard**

Wer kennt sie nicht, die „Pirates of the Caribbean", die Schiffe gnadenlos enterten. Sie waren aber nicht die Einzigen ihrer Art. Unzählige Piratenkapitäne der vergangenen Jahrhunderte gaben den Befehl zum Entern von Frachtschiffen und machten meist kräftig Beute – bis sie dann doch irgendwie am Galgen hingen.

Es ist schon ein etwas merkwürdiges Gerät, dieser sogenannte Bootshaken. Das eine Ende sieht aus wie eine mittelalterliche Hieb- oder Stichwaffe, das andere wie ein Haistock. Damit soll man den Hai auf die Nase stupsen, damit er sich ein anderes Opfer sucht. Ob es funktioniert? Mir wurde von einem griechischen Bootszubehörhändler empfohlen. Einfach mal ausprobieren. Mir wurde der Versuch zum Glück bisher jedenfalls erspart. Aber dieser Haken verlockt ja geradezu, sich bei der Einfahrt in eine „Parklücke" an der Reling der Nachbaryacht festzukrallen, um endlich in die ersehnte Parkposition gelangen. Man kann ihr einfach nicht widerstehen, wenn man bei Seitenwind an den Kai oder in eine Box fährt und von dieser bösartigen Blase ständig weggetrieben wird. Man kann sich aber auch damit abstoßen, wenn man bei der Ausfahrt dem Nachbarn zu nahe kommt. Und die paar Kratzerchen, wozu gibt es so gute und leistungsfähige Poliermittelchen? Und, was sind schon acht oder zehn Tonnen, das halten diese Pfosten,

Verzeihung Relingstützen aus. Wenn nicht, dann ist es ohnehin nicht schade um sie. Getreu dem Motto: „Gutes hält was aus, um Schlechtes ist es ohnehin nicht schade".

So erlebt in einer kroatischen Marina mit Schwimmstegen. Eigentlich komfortable Liegeplätze, die noch dazu von aufmerksamen und kompetenten Marineros betreut werden. Nur einfahren muss Herr Skipper eben alleine. Wir liegen friedlich auf der einen Seite der Doppelbox und sehen das Unheil auf uns zukommen. Ein hektisches Skipperchen am Rad, drei untätige Nixen im Cockpit und am Bug, die vermutlich meinten, dass der Autopilot die Leinen wirft und zwei absolut over-gedresste allwissende und zu allem entschlossene Piraten, bewaffnet mit Enterhaken auf jeder Seite der Yacht. Ihr Outfit erinnert an meine maritime Modenschau und würde für Erdmanns Weltumsegelung „gegen den Wind" locker ausreichen.

Versuch Eins wird gestartet, mit Volldampf und absolut falscher Ruderstellung Richtung Box und auf unser Heck zu. Die beiden Marineros stehen bereit zum Leinenfangen – nur es kommt keine Leine. Wozu auch. Was aus dem Getriebe wurde weiß niemand, aber Skipperchen ratschte den Rückwärtsgang im allerletzten Moment so schnell ein, dass man meinte, der gesamte Motorblock fliegt uns um die Ohren.

Versuch Zwei wird gestartet. Wieder mit Speed Richtung Box. Nur dieses Mal war leider, für uns zum Glück, der Schwimmsteg der gegenüberliegenden Seite etwas im Weg. Was so ein Gummipolster alles aushält und ein Heck so alles wegsteckt, ist schon enorm. Immerhin flog dieses Mal eine Festmacherleine Richtung Marinero. Nur leider als Knotenleine und sie endete nach rund zwei Metern im

Wasser. Was der eine Marinero mit der symbolischen Bekreuzigung auf seiner Brust auslösen wollte, bleibt ein Geheimnis. Vermutlich bat er überirdische Kräfte um Hilfe. Die Kommunikation mit diesen schien aber nicht so recht zu klappen, vermutlich ein Funkloch.

Versuch Drei, wozu auch aufgeben. Skipperchen änderte seine Position und stand jetzt mit dem Rücken zum Rad. Die drei Nixen beeindruckte das alles nicht, eine rauchte inzwischen die Friedenszigarette, alle drei saßen aber entspannt auf ihren angestammten Plätzen und verfolgten das Geschehen. So, jetzt sah es eigentlich ganz gut aus, wäre nicht wieder dieser blöde Seitenwind. Immerhin stampfte der Charterdampfer wesentlich langsamer auf die freie Lücke neben uns zu. Die Steuerbordleine war inzwischen entknotet, zumindest fast, sodass sie der Marinero mit ausgestreckten Armen zu fassen bekam. Für die Backbordseite entschloss man sich zum Angriff auf unsre Reling mit dem Enterhaken. Nix da, der Angriffsversuch wurde von uns erfolgreich abgewehrt. Dann versuchte der Backbord-Pirat die Fußgrätsche an unserer Reling. Nix da, abgewehrt. Wir gingen zum Gegenangriff über und drückten den Dampfer mit Muskelkraft von unserer Bordwand weg. Es war soweit, die Marineros hatten alles im Griff und verzurrten das Gerät.

Fender, wozu? Als die Piratencrew diese Gummipufferchen an unserer Bordwand baumeln sahen, entschlossen sie sich, auch welche hinzuhängen. Toll.

Skipperchen war erleichtert und auf die Frage von mir, ob er uns vernichten wollte, kam zumindest ein „Entschuldigung, tut mir leid, aber ich habe einfach keine Ahnung".

Pirat Eins hatte hierzu eine andere Erklärung: „Ich weiß überhaupt nicht, was ihr wollt, wir liegen doch gut und außerdem übt unser Skipper noch." Den kurzen Bord-zu-Bord-Dialog beendete er, bevor ich Luft holen konnte mit einem eindeutigen „und jetzt ist Schluss, wir wollen jetzt den Anlegerschluck genießen". Na dann, Prost.

Der einzige Vernünftige auf diesem Kahn war der junge Skipper, denn der kam noch einmal zu uns an die Reling uns entschuldigte sich nochmal. Dann verschwand er für eine geraume Zeit unter Deck. Vermutlich waren ihm die überaus arroganten und unverschämten Crewmitglieder auch zu lästig.

Fehler macht jeder von uns und es ist noch kein wirklicher Meister vom Himmel gefallen und es kann auch alten Hasen so mancher Fehlgriff bei einem Manöver passieren. Nur man muss wissen, sich entsprechend zu benehmen und diese eklige Arroganz, die nichts anderes als Unsicherheit verdecken soll, bleiben lassen.

Auch Helfer können baden gehen
ein ganz besonderes Ratschlag-Erlebnis

Hauptdarsteller	► **ein Helfer am Kai**
Erlebt und erzählt von	► **Britta und Klaus**

**Gute Ratschläge beim Anlegen sind wunderbar
können aber offensichtlich auch schief gehen**

Wer kennt das nicht – der Kai ist gut gefüllt, ein allerletzter Platz wartet auf uns. Crews sitzen gemütlich in den Cafés nahe der Hafenmole und der seit kurzem stark auflebende Wind bläst direkt von der Seite. Bugstrahlruder hin, Bugstrahlruder her, es gibt schönere Momente im Leben eines Skippers oder einer Skippie als von hunderten von Augen bei diesem Manöver beobachtet zu werden. Und dann vielleicht auch noch ein gut gemeinter Ratschlag. Abwarten, was passiert.

Britta und ihr Mann Klaus waren Eigner einer Jeanneau 35, die auf den Namen Tramp hört. Nicht, dass sie dauerhaft darauf wohnten - nein, sie fühlten sich einfach wohl darauf und liebten es eben, wenn sie an Bord waren, auch mal einige Tage einfach zu chillen und den Wind „Wind sein zu lassen". Die Seele baumeln lassen und nur nicht hetzen, ihre Devise.

Wir kamen mit ihnen ins Gespräch weil wir in einer Marina nebeneinander lagen und die berühmte Chemie stimmte einfach. Es ist immer wieder schön, wenn man Menschen trifft, die nicht in der Profilebene der gnadenlosen Perfektion leben, sondern Fehlerchen, Fehler oder auch größere Näpfchenfehltritte zugeben, diese auch noch in lustiger Manier erzählen und über sich selber lachen können. Die Beiden sind sicher nicht die Einzigen, aber diese Spezies ist nicht unbedingt sehr verbreitet. Leider.

Also, Klaus und Britta hatten mit zwei anderen Seglerbekannten einen Treffpunkt bei einem Restaurant der doch sehr gehobenen Preisklasse vereinbart. Die Speisekarte kannten sie vorher nicht, sonst wäre ihnen vermutlich das Erlebnis erspart geblieben. Dann hätten wir aber auch hier nicht ihre Story. Das Restaurant hat einen komfortablen Steg mit Strom und Wasser und meistens helfenden Mitarbeitern aus dem Service, die zwischenzeitlich als eine Art Marinero fungieren.

Es war eigentlich ein schöner Tag, berichtet Britta, wenn nicht der blöde Wind genau zu dem Zeitpunkt von der Seite auf den Anleger geblasen hätte als wir das Anlegemanöver begannen.

Und damit war der Startschuss für das Hafenkino gegeben. Klaus gab seiner „Wanderer" die Sporen, aber die Dame zickte gewaltig und konnte sich mit dem böigen Seitenwind einfach nicht anfreunden. Die Allwissenden am Steg gaben hunderte tolle Ratschläge, der helfende Servicemitarbeiter hielt die Muringleine hoch und Bordfrau Britta ergänzte den Katalog der guten Ratschläge durch einige weitere Volltreffer. Es gelang ihr sogar, trotz Böen, die eine Festmacherleine Richtung Helfer zu katapultieren, wenn auch genau die falsche – die Leeleine. Sie kam an und der Helfer fixierte sie schon mal. Nur die Muringleine wollte und wollte einfach nicht auf den Bootshaken. Ein wahrer Schwall herrlicher Empfehlungen erreichte das Ohr des ohnehin schon genervten Gerd von Land. Das war dem Käpt´n dann doch zu viel. Er beschloss, ganz ohne Absprache mit seiner

Crew Britta, das Theater schlagartig zu beenden, legte den Vorwärtsgang ein, gab Gas und ab die Post.

Was er aber nicht gesehen hatte, der Helfer hatte gerade in diesem Moment die Festmacherleine kurz gelöst, um sie an einem anderen Festmacher neu zu fixieren. Das war sein Pech. Warum er die Leine nicht los gelassen hat war nicht mehr zu klären – jedenfalls machte er einen Olympia reifen Sprung mit der Leine in das Wasser, natürlich in Servicekleidung, ist doch klar.

Gut, Klaus und Britta starteten das Manöver nochmals und jetzt ohne Gequatsche am Kai. „Mit Ruhe und Gemütlichkeit" erreichte die Wanderer dann doch noch gut den Kai, der Helfer stand wieder bereit, befestigte die Leinen, Britta angelte dieses Mal auch erfolgreich die Muringleine und alles war gut. Gerd hat das alles nicht mit bekommen, da er sich bei seiner rasanten Fluchtfahrt nicht umdrehte und wunderte sich am Ende, warum sein helfender Marinero-Kellner in der Zwischenzeit in voller „Dienstkleidung" baden ging.

Nach erfolgter Aufklärung konnte sich der Helfer ein Bier auf Klausis Kosten genehmigen. Das kulinarische Erlebnis von Britta und Klaus begrenzte sich jedoch auf eine Gulaschsuppe, denn ein genauer Blick auf die Speisekarte vertrieb jedes Hungergefühl.

„In die Liste der Stammgäste werden wir keinen Eingang finden, aber das wollen wir auch gar nicht", meinten die Beiden.

Ich wollt´ ich wär´ein Hund
Hemingways Wunsch und Traum

Hauptdarsteller	▶ **Wolfgang alias Hemingway und zwei Bobtails**
Beobachtet von	▶ **Elke und Gerhard**

Reinhard Mey, wer ihn vielleicht nicht oder nicht mehr kennt, für mich einer der ganz Großen Liedermacher mit fantastischer Gabe zur Beobachtung seiner Umwelt und diese in wunderbare Balladen zu verpacken. Und genau er schuf eine Ballade mit dem ‚Titel „Es gibt Tage, da wünscht´ ich, ich wär´ mein Hund". Warum? Ganz einfach, weil in manchen Dingen ein Hund eindeutige Vorteile gegenüber uns Menschen, genauer gesagt seines Frauchens oder Herrchens hat. Zum Beispiel, wenn er sich einfach ohne jede Begründung auf seinen Platz zurückziehen kann und nicht so manche unsinnige Diskussion ertragen muss. Klar hat er auch enorme Nachteile, denn er kann die Kühlschranktür nicht alleine öffnen und „die Momente, die genieße ich", singt Reinhard Mey, „denn da wünscht sich mein Hund er wäre ich".

Aber, wer ist Hemingway? Diese Frage dürfte sich wohl für die meisten von uns erübrigen, sofern man an die Literaturszene denkt. Aber, es gab auch noch einen anderen. Ein Swift Trawler mit 42 Fuß auf dem dieser Name prangte und einen Skipper, der sich diesen Namen erdachte. Warum? Ganz einfach, weil er sich selbst als den „Alten Mann auf dem Meer" bezeichnete. Und in den Lokalen, in denen er reservierte, stand auf dem Reservierungsschild, sofern eines vorhanden war, eben Hemingway und nicht sein wirklicher Name.

Also gut, Hemingway, mit bürgerlichem Vornamen Wolfgang und ein sehr guten Bekannter von uns, war ein Freund kulinarischer Genüsse und sein Körper war in der Tat nicht nur mit Muskeln ausgestattet. Eine seiner durchaus nicht gerade unernst gemeinten Aussagen war, „alles was wir ver(fr)essen und ver(sauf)trinken müssen wir nicht vererben". Da hat er ohne jeden Zweifel Recht.

Wir saßen mit Hemingway in einem Café am Kai eines kleinen Ortes irgendwo in der kroatischen Adria und tauschten die aktuellen Erlebnisse aus. Kennen gelernt haben wir diesen Typen schon einige Jahre vorher und irgendwie sind wir uns doch immer wieder begegnet. Lag sicher daran, dass sein Schiff dunkelblau war und dieser Motoryacht-Typ ja nicht unbedingt so häufig vorkommt. Der kleine Stadthafen war gut belegt aber nicht unangenehm überfüllt. Fast unmittelbar vor uns lag eine belgische Etap mit 33 Fuß, also nicht unbedingt ein Riesenkahn. Auf diesem Schiff wohnten vier Lebewesen, eine Frau, ein Mann und zwei Hunde. Letztere Mitbewohner waren keine Pudel, keine Dackel oder sonstige eher kleinwüchsige Vierbeiner. Nein, es waren zwei Bobtails. Ein Bobtail ist, laut Rassendefinition, ein intelligenter und fröhlicher Hund mit temperamentvollem Wesen. Körperlich wirkt er meist massig und schwerfällig und weiß auch die Bequemlichkeit zu schätzen. Optisch dominiert sein wuscheliges langhaariges Fell. Und genau das lässt ihn eben so massig wirken, obwohl sich darunter ein ganz normaler Hundekörper verbirgt.

Hemingway kämpfte über weite Teile seines Lebens gegen Hosen und Hemden, die einfach stetig enger wurden. Der Grund konnte nie genau geklärt werden. Abe man sah es Hemingway an, dass er sich auch so ein Fell wünschte, das einfach mitwuchs.

Es war soweit, Gassigang zeichnete sich ab. Bobby 1 überschritt die Gangway wie ein Mannequin auf einem Laufsteg. Bobby 2 dagegen erledigte die Aufgabe weit weniger graziös. Ein Schritt vor, zwei zurück. Das rettende Ufer mit den heiß ersehnten Bäumen wollte nicht so recht näher kommen. Erst als der Lockruf des Herrchens ertönte, fasste sich Bobby 2 ein Hundeherz und setzte zum alles entscheidenden Sprung an. Pech für ihn, denn er verfehlte bei der Landung die Gangway und das Ufer und tauchte ab in das Hafenwasser. Herrchen auf alles vorbereitet, hievte Bobby 2 mit einem Geschirr nach oben.

Hemingways Augen glühten vor Begeisterung, man sah ihm an, er wünschte sich ein Hund zu sein. Warum? Die Antwort gab er selbst: „So ein Hund müsste man sein, ein Sprung ins Wasser und schon ist man schlank".

Hemingway verkaufte seine „Hemingway" als er irgendwann die Schnauze voll hatte von dem immer mehr zunehmenden egoistischen Treiben vieler Kurzzeit-Yachties, wie er es bezeichnete und verabschiedete sich mit seinem Motto „Alles hat seine Zeit". Das war´s dann, auch mit für ihn insgesamt.

Aber lustig war es doch allemal mit ihm und so manche spontanen Sprüche werde ich auch nicht vergessen und wen ich einen nassen Hund mit dickem Fell sehe, muss ich unweigerlich an ihn denken.

Der Stromkasten bleibt besser am Kai
Geraldine und ihr Power-Erlebnis

Hauptdarsteller ▶ Geraldine
Erlebt und erzählt von ▶ Geraldine

Geraldine ist Französin und so etwas wie eine maritime Singleseglerin. Ihr Schiff hört auf Adventure III, hat schon einige Seemeilen auf dem Kiehl, ist aber so etwas wie ein Eyecatcher, um es ganz modern auszudrücken. Man könnte es auch mit sehr interessant umschreiben. Bunte Ornamente verzieren die Bordwand und im Cockpit erinnert eine kleine Ecke an einen Kräutergarten.

Sie ist alleine unterwegs und hatte auch nie etwas anderes vorgehabt. Alleine auf einem Boot heißt, alles alleine erledigen. Kein Mann oder eine Frau „für alle Fälle" an Bord. Kein Smalltalk, kein Streit, keine Bordsprache – alles ruhig. Ablegen, Segeln, Maschinenfahrt, Anlegen. Keine Diskussionen.

Geraldine liegt in einem kleinen Stadthafen in Griechenland, der, welch ein wunder, sogar eine Stromsäule aufwies. Und diese Säule war ausnahmsweise nicht verrostet und hatte sogar einen funktionsfähigen Stecker, aus dem tatsächlich Strom floss. Also, Geraldine genoss diesen ungewohnten Komfort und verkabelte ihr Schiff, nachdem der Anker saß und die Achterleinen festgemacht waren.

Um es kurz zu machen, das Unheil kam am nächsten Morgen. Der Wind frischte urplötzlich enorm auf, jedoch nicht von vorne, sondern von der Seite und Geraldine begann an der Haltekraft ihres Ankers zu zweifeln. Also entschloss sie sich, völlig richtig, zum Ablegen.

Maschine starten, Festmacher Lee einholen, leichte Vorwärtsfahrt, Festmacher Luv auf Slip und langsam lösen. Alles bestens bis auf das Stromkabel, das immer länger wurde. Geraldine ist eine Powerfrau und hat ein 50 Meter langes Kabel. Ihr Glück. Noch größeres Glück war jedoch, dass diese eher einfache Ausführung eines Stromkastens keine Steckersicherung und keinen Deckel hatte. Der Kasten zeigte dennoch leichte Bewegungen als sich das Kabel langsam zu spannen begann und ratsch löste sich der Stecker und 50 Meter Kabel befanden sich als Schlepptau hinter Adventure III.

Anker einholen, genau richtig und dann Kabel einholen. Genau richtig. Am Kai war keine Menschenseele zu sehen und der Stromkasten stand immer noch an seiner ursprünglichen Stelle.

Nicht auszudenken, wenn der gesamte Kasten im Schlepptau gewesen wäre. Also, auch einfache Konstruktionen haben offenbar ihre Vorteile.

„Bist Du ganz alleine an Bord?"
„Du hast es gut"

Hauptdarsteller	▶ **Nordlicht Hein und Südlicht Sepp im Dialog**
Beobachtet von	▶ **Elke und Gerhard**

Nicht nur Frauen sind alleine unterwegs, es gibt auch viele Seebären, die solo als maritimer Single herumtörnen.

Eine Biga, schätzungsweise um die 30 Fuß, ein wunderschönes Holzboot steuert gezielt eine freie Boje an. Das Boot gehorcht aufs Wort, bleibt vor der Boje stehen, der Skipper läuft sicher und ruhig an den Bug, zieht mit seinem Bootshaken die Boje hoch, fädelt seine Bojenleine ein, macht sie an den Klampen fest und schon ist Ruhe an Bord. So geht das, mit Ruhe und Umsicht und ohne jede Hektik. Zugegeben, es herrschte relativ ruhiges Wetter. Egal, so manche Crews schaffen es auch bei absolut ruhigem Wetter, eine Boje X-mal anzufahren und immer noch keine Leine befestigt zu haben. Also, Gratulation.

Genauso an Bord einer danach einfahrenden Yacht mit acht Mann Besatzung. Vier davon bewegten sich schon unruhig am Bug und standen sich gegenseitig mehr im Weg als dass es einen wirklichen Wert gehabt hätte. Also, abgekürzt, es ähnelte einem kleinen Drama. Nach rund fünf vergeblichen Versuchen und inzwischen unüberhörbarer sehr dominanter Bordsprache machte sich einer von ihnen auf den Weg, um das Objekt der Begierde endlich zu einzufangen. Irgendwie gelang es dann auch und die Diskussionsrunde war eröffnet.

Der Abend naht, wir sitzen zu zweit in dem kleinen Lokal, einer kroatischen Konoba, an einem Tisch mit wunderschöner Aussicht auf die umliegenden Inselchen. Schräg uns gegenüber der Skipper der Biga, hinter uns die Acht-Mann-Diskussions-Crew. Irgendwie hatten wir den Eindruck, dass der Bordfrieden nachhaltig gestört zu sein scheint. Selbst beim ersten gemeinsamen Schluck verweigerte einer von ihnen das freundliche Prost, Gesundheit oder Ähnliches.

Genau er, nennen wir ihn einfach einmal Sepp, stand auf und steuerte den Biga-Skipper an. Er könnte Hein heißen. In eher oberbayrisch klingenden Lauten fragte er, „kann ich mich zu dir setzen oder willst du alleine sitzen?". Die Antwort war ein norddeutsch-kühles, aber nicht unfreundliches „Ja".

Der Dialog in Kurzform – die Personen ergeben sich aus dem Dialekt:

„Bist allah?"
„Ja!"
Is dir ned laungweilig?"
„Na!"
„Bis du immer allah?"
„Ja!"
„Schaffst du des alles auf deim Boot so allah?"
„Ja!"
„Bist scho länger unterwegs?"
„Ja!"
„Mei, host du´s guat, must mit niemand streiten."
„Ja"

Nach diesem überaus erschöpfenden Dialog, zog sich Sepp wieder zu seinem angestammten Tisch zurück und gliederte sich in die harmonische Gesellschaft ein, um das herannahende Essen in Empfang zu nehmen. Dieser Vorgang, er bestand immerhin aus einer leckeren Vorspeise und anschließend aus einer ebenso leckeren Fischplatte, glich eher Schweigeminuten für ein über Bord gegangenes und nicht mehr aufgetauchtes Crewmitglied. Ohne Gedanken lesen zu wollen, beschlich uns der Eindruck, dass sich Sepp so manchen durchaus als ein derartiges Opfer vorstellen hätte können. Es kann aber auch sein, dass er die natürliche Wirkung einer widerspenstigen Fischgräte hoffte. Nur so war seine überaus vorsichte Essenweise zu verstehen. Schließlich wollte er ja nicht selbst das Opfer werden

Man musste nicht Gedanken lesen können, um seine Gedanken zu erraten – „ach wär ich doch a allah."

Sein Schicksal und seine Qualen dauerten mindestens noch vier Tage, denn es war erst Dienstag und, nachdem es eine Charteryacht war, wird das „gemeinsame Abenteuer" erstens frühestens am Freitag enden. Außer, es beginnt eine Meuterei an Bord.

Ob Sepp jemals noch in so eine Seekiste einsteigen wird, bleibt fraglich – vermutlich eher nicht. Für ihn hat sich aber offenbar die bekannte Aussage, „Wenn du Freunde los werden willst, dann geh´ mit ihnen Segeln", bewahrheitet. Es könnte durchaus sein, dass Sepp zum Solosegler wird, so wie Hein. Dann hat er seine Ruhe. Kein Zank, kein Streit, keine sinnlosen Diskussionen stören die Bordharmonie. Geht aber auch sehr gut zu zweit, wenn man sich versteht.

Ausprobieren. Ahoi!

Schein oder nicht Schein
das ist hier die Frage
ein Traum und ein Erlebnis zum Thema Schein als Befähigungsnachweis

---

Hauptdarsteller   ► eine ganze Reihe von Laienschauspielern und Statisten

Geträumt von   ► Gerhard

Na ja, eine kleine sprachliche Anleihe aus dem wohl bekannten Ausspruch „Sein oder Nichtsein, das ist hier die Frage" von Hamlet, Prinz von Dänemark, im gleichnamigen Theaterstück von William Shakespeare. Ist auch nicht ernst gemeint und soll auch keine Beschädigung der Literatur sein. Ich stellte mir nur selbst diese Frage, als ich mich zu meinem ersten Schein für mein weiteres maritimes Leben, das bisher glücklich ohne irgendwelche Scheine bestens funktionierte, anmeldete. Eigentlich stellte ich mir die Frage schon ungefähr 15 Minuten nach Beginn des Kurses.

Sportboot Führerschein See – ein Traumerlebnis

Die Frage stellte sich für mich als wir unsere schnuckelig kleine 20-er Jeanneau Sun Fast gegen eine 24-er Sun Odyssey eintauschten, die mit einem 12 PS Diesel ausgestattet war. Zu dieser Zeit war die 15-PS Regelung noch nicht vorhanden und außerdem verlangte die Versicherung ohnehin einen Befähigungsnachweis in Form eines Bootsführerscheins. Besonders gefällt mir dabei das Wort „Befähigungsnachweis".

Also gut, die gesamte Crew, also Elke und ich, meldeten uns bei einem Wassersportverein zu diesem Abenteuer an. Jeder von uns rund 450 Euro auf den Tisch, ohne zu wissen, was überhaupt passiert – aber es musste ja sein. Ohne diesen Schein, kein Meer.

Wir begaben uns pünktlich zu dem Unterrichtslokal, ein uraltes Sandsteingebäude, offenbar eine Schule, mit Spuren von Blut, Schweiß und Tränen. Sollte ja kein Spaß sein, sondern eine absolut ernste Angelegenheit. Elke wollte eher in die vorderen Reihen, ich zog die letzte vor. Vermutlich mit entsprechender Vorahnung, den Raum unbemerkt verlassen zu können. Dieser Schutzmechanismus basierte auf den Schilderungen zweier ehrlicher „Scheininhaber", die alles hören können, nur eines nicht: „Welchen Schein Sie?". Vor dieser Frage sollte sich bei den Beiden Jede*r hüten, denn die verbalen Folgen könnten sehr unangenehm werden.

Also versank ich versank in einen Traum – oder war es eher ein Alptraum? Na ja, schwer zu beurteilen, spannend war es aber auf jeden Fall.

Die Spannung stieg, es ging los. Ein schon etwas älterer, aber sehr gemütlicher, Herr (ich nenne ihn hier einfach einmal Hans) mit grauem Haar, in grauer Hose und typisch blauem Jackett mit doppelter Knopfreihe und einigen Abzeichen am Revers begrüßte uns und erläuterte uns das weitere Vorgehen. Mir wurde schon leicht schlecht. 15 verschiedene Mappen mit einem Haufen von Fragen, die offenbar alle auswendig zu lernen sind und von denen bei der Prüfung ein kleiner Teil drankommt. Aber immerhin aus diesem Pool.

Mein Gehirn begann sich zu wehren und sagte mir, nein, nein, mach das nicht mit – und außerdem ist ja auch noch die zweite Hälfte der Crew da, der macht so etwas nichts aus. Nachdem noch keine wesentlichen Fakten auf den Tisch kamen, holte ich meine Süddeutsche Zeitung aus der Tasche, um mal kurz auf die Wirtschaftsseite zu gucken. Nein, gehört sich nicht, ich weiß, und schon zeigte mir meine Crewhälfte die tiefgelbe Karte. Also, weg damit. Ich lehnte mich entspannt zurück und hoffte auf ein Ende der Ansprache.

Das kam dann auch und schon ging es los. Die Utensilien wurden verteilt. Ein Zirkel, ein Lineal und so etwas wie ein Geodreieck. Mit Letzterem stand ich schon in der Schule auf Kriegsfuß und scheinbar holte mich diese dunkle Wolke jetzt ein. Und das auch noch freiwillig, jedenfalls fast. Also gut, ich vernahm es ist das nautische Besteck. Bisher dachte ich immer, Besteck benötigt man zum Essen und mir wurde klar, dass in der maritimen Welt eine eigene Sprache herrscht. Ich kam mir jedenfalls vor wie in der Zeit von Christof Columbus.

Jetzt erfuhren wir, was man mit diesem Hexenwerk überhaupt anzufangen hat. Da ja schon in den Schulungsunterlagen stand, dass das Navigieren gelernt wird, rüstete ich mich schon einmal vorsichtshalber mit meinem, aus dem mir seit vielen Jahren im Alpinismus vertrauten Navigationswerkzeug aus, einer Bussole. Ein tolles Instrument in schweizer Präzisionstechnik, mit dem absolut problemlos jeder Kurs in kürzester Zeit ermittelt werden kann und ebenso der Standort. In der alpinen Fachsprache nennt man das Vorwärts- und Rückwärts einschneiden. Dazu ein eingebauter Neigungsmesser. Bedingung ist nur, dass es sich um absolut Nord gerechte

Karten handelt. Und das sollte man ja doch auch bei Seekarten annehmen. Also, wozu etwas anderes, dachte ich mir.

Es ging los, die erste Karte, natürlich aus dem Bereich Nordsee, was mich ungemein interessierte, denn nie werde ich dort segeln, flatterte auf die Tische. Also auch zu mir. Hans begann die erste Aufgabe zu stellen und diese Aufgabe auch mit dem Columbus-Besteck zu lösen. Ich empfand das irgendwie merkwürdig.

Und schon wehte der Südwind die zweite Karte auf die Tische und jetzt ging´s los. Die Aufgabe hieß, einen Punkt anpeilen und den Kurs bestimmen. Ich sah die Verzweiflung meiner Nachbarn und Nachbarinnen, es waren nur zwei Teilnehmerinnen und eine davon meine Crewhälfte. Sie schoben diese komischen Dreiecke und Lineale hin und her, während ich mich bereits entspannt zurücklegte. Mein Kurs war in Sekundenschnelle ermittelt, natürlich mit der mir seit vielen Jahren vertrauten und bewährten Art, mit meiner Bussole. Als Hans durch die Reihen spazierte und meine völlig entspannte Haltung sah wunderte er sich und meinte „warum, haben Sie noch keine Messergebnis?". Als ich ihm das Ergebnis präsentierte, musste er zugeben, dass das ja alles stimmte, aber die Art und Weise der Ermittlung konnte er einfach nicht akzeptieren. Nein, das muss offenbar mit Werkzeugen von Columbus erreicht werden. Ich machte ihm klar, dass ich das alles mit diesem komischen Werkzeug üben würde, denn seine größten Bedenken waren natürlich, dass ich diese Methode bei der Prüfung nicht beherrsche und durchfalle. Und, das wäre eine Katastrophe für die Segelschule, wohl der erste Fall überhaupt in der Geschichte. Also, wir einigten uns, ich werde mich fügen, mir diese Methode aneignen und bei der Prüfung, sofern ich überhaupt daran teilnehmen will, zwar widerwillig, aber doch einsetzen.

Pause, Gott sei Dank. Im Garten dieser Denkfabrik standen viele der Teilnehmer*innen ziemlich ratlos herum und fragten sich vermutlich innerlich auch, ob sie nicht lieber auf der Luftmatratze ihr maritimes Leben verbringen möchten – ganz ohne Schein. Für Einige jedoch galt das nicht, denn ihren Augen sah man schon an, dass sie nur noch auf den Schein warteten, um mit Vollgas über die Wasserfläche zu düsen. Ich betete insgeheim zu allen Meeresgöttern, dass diese Typen nie diesen Schein erhalten. Ich denke, mein Gebet wurde nicht erhört. Leider.

Dann entdeckte ich ein Gesicht, das ich kannte und auch er mich. Wir kannten uns aber keiner wusste genau, wer wer ist. Klar war, dass wir vom Klettern in den Bergen kannten und so ergab sich natürlich ein Dialog. Harald, ich nenne ihn einfach so, hatte bereits beschlossen, die Kursgebühr zu spenden und den Lehrgang nach der Pause zu verlassen. Irgendwie waren wir Seelenverwandt, denn auch mich quälte diese Entscheidung. Werner ist eigentlich Bergführer, hat sich aber seit Jahren auf die Kombination „Berge und Meer" verlegt, die auch mir und Elke am Herzen liegt. Aber, wozu braucht er diesen komischen Schein, fragte ich mich. Ganz einfach, ihn holte die bei Extrem-Alpinisten oft auftretende typische Berufskrankheit beschädigter Knie ein und er verlegte sich sukzessive auf die Skipperei. Nur, dazu braucht er eben einen Schein. Also, um es abzukürzen, er verließ diesen Lehrgang gerade noch rechtzeitig und entschloss sich für ein maritimes Leben ohne Schein. Die Yacht gehörte ohnehin ihm und seiner Partnerin – und die hatte schon lange dieses Scheinchen und noch zwei andere dazu. Ich beneidete ihn. Und dann wünschte er mir auch noch viel Spaß. Das musste ja nicht unbedingt sein.

Weiter ging´s, Bogen um Bogen wurde her geweht, Ziel um Ziel wurde bestimmt, Leuchtfeuer um Leuchtfeuer festgestellt, Lichterführung uns, und, und. Und das zweimal die Woche und zu Hause auch noch. Mich nervte das Ganze einfach, ich hatte schon immer etwas gegen plumpes auswendig Lernen – und das hier war der Gipfel. Ich fasste einen Plan und pokerte auf die bekannte Mindestpunktzahl von 50, um die Prüfung damit gerade noch zu bestehen. Wozu 100, sagte ich mir, wenn 50 genügen. Also, legte ich mir einen Plan zurecht, der aber nur aufging, wenn mit hoher Wahrscheinlichkeit auch genau die Bögen bei der Prüfung zum Einsatz kommen, die ich vollständig beherrschte. Ein Wagnis, das ich aber irgendwie einging. Ich war mir auch irgendwie sicher, da diese Auswahl an Bögen die meisten Ekligkeiten enthielten. Rund 20 Prozent aus meiner Sicht irrsinniger Fragen legte ich beiseite, um sie mir mit Kaffee einige Stunden vor der Prüfung noch rein zu ziehen.

Soweit, so gut. Es war ja auch noch die Praxis angesagt. Dieser überaus anspruchsvolle Abschnitt fand nicht etwa auf dem Meer, sondern auf dem Europakanal statt. Komisch, dachte ich mir, das Ding heißt doch Sportboot Führerschein See und nicht SFK – Sportboot Führerschein Kanal. Als Wasserfahrzeug stand auch kein wirkliches Schiff, sondern nur ein Schiffchen, ein Motorbötchen mit gerade mal rund fünf Meter Länge zur Verfügung. Egal, dachte ich mir, Hauptsache das Ganze geht gut zu Ende. Da sah ich schon wieder die leuchtenden Augen dieser Typen, die schon ganz gierig darauf waren, endlich einmal kräftig den Gashebel nach unten zu drücken. Zu viel mehr hat ihr IQ vermutlich ohnehin nicht gereicht. Ich rief im Geiste die Meeresgötter an, bitte bewahrt mich davor, diesen Typen irgendwo auf einem Wasser zu begegnen.

Also, das Praxisprogramm begann. Einsteigen, Gas geben, Eindampfen in die Vorspring, Rückwärtsfahrt, Mensch über Bord, Knoten, Knoten, Knoten, Anlegen, Aussteigen. Halt, hätte ich fast vergessen, das Navigieren stand noch auf dem Programm. Ein absolutes Highlight. Ich fragte mich, wie soll man auf diesem Wässerchen denn navigieren? Mauer links, Mauer rechts und dazwischen etwas Wasser. Ja, man muss nur erfinderisch sein, denn irgendwo steht hier ein Funkturm herum. Und genau dieser wurde mit einem Handkompass angepeilt. Eine wahrhaft extrem komplizierte Aufgabe, die auch mit dem IQ eines Laubfrosches zu erledigen war. Sorry, liebe Laubfrösche, ich wollte euch nicht beleidigen. Aber wie ist das Ergebnis, wenn diese Prüfung jemand besteht und er oder sie dann tatsächlich auf weiter maritimer Flur unterwegs sein sollten? Ich habe noch nie einen Funkturm auf dem Meer entdeckt. Und Leuchttürme stehen auch nicht überall herum.

Tag X naht, die Prüfung. Mir wurde inzwischen klar, dass ich mit den Allernötigsten in der Theorie vermutlich nicht das Ziel erreichen würde, also erhöhte ich die Aktivität auf das Nötigste. Rund zehn Fragen, die ich als absolut unsinnig empfand, sortierte ich aus meinem Speicher aus und notierte die Antworten auf kleinen Kärtchen. Ich zog mir diesen Kram in den letzten Minuten vor dem Count Down nochmal rein, in der Hoffnung, dass mir dieser Quatsch auf keinem Fragebogen begegnet. So etwas nennt man glaube ich Spickzettel. Die Praxis ließ mich kalt, denn diese Schipperei empfand ich als nicht sehr aufregend. Meine Crewhälfte peilte die 100-Prozent-Marke an und auf dem

Bötchen nahm sie auch paar Stunden mehr, um auf Nummer sicher zu gehen.

Einmarsch in die geheiligten Hallen, Samstag, Punkt 8 Uhr. Vorne, aufgereiht wie im Gerichtssaal, die in blauer Einheitskluft verkleideten Prüfungsbeauftragten, offenbar alles so etwas wie Kapitäne – oder auch nicht. Keine Ahnung. Vorgestellt haben sie sich ohnehin nicht. Mit sehr ausdrucksloser Mine standen nicht weit davon entfernt unsere Trainer. Ihre Nervosität war nicht zu verbergen und man erkannte ihre unausgesprochene Drohung: Wer durchfällt wird mit zehn Peitschenhieben bestraft und in das Kanalwasser geworfen. Schließlich ging es ja um das Image ihrer Wasserfahrschule. Verständlich. „Blood, Sweat and Tears", ich wusste es ja gleich zu Beginn. Gut, die Bögen flatterten auf die Tische, das System war offenbar ausgeklügelt, damit auch Niemand vom Nachbartisch etwas erhaschen kann. Ich hatte irgendwie Glück, musste meine Kärtchen nicht heimlich ziehen und war mir sicher, die 50 Prozent hast du. Und so war es auch. Nach Nerven zerreißendender Stunde, in der die hohen Herren die Fehlersuche beendet hatten, die Erlösung, „die Theorie haben Sie bestanden, wenn auch nur sehr knapp". Meine Antwort: „50+1 genügt doch, oder?". Ich hätte mich besser etwas zurück gehalten, wie sich später herausstellte. Ach so, Meine, in der Tat bessere Hälfte, hatte erwartungsgemäß 100 Punkte. Gratulation. Zu zweit haben wir dann sogar 151 Punkte und das genügt allemal.

Ab zum Hafen, das uns bekannte Bötchen steht schon bereit. Nach welchem System die Reihenfolge bestimmt wurde, hat sich mir nicht erschlossen. Das Alphabet war es jedenfalls nicht und wenn die Schlechtesten ganz vorne wären, wäre ich vermutlich einer der ersten gewesen. Umgekehrt hätte ich sehr lange warten müssen. Es sei denn, meine fünf Lieblingstypen leisten mir Gesellschaft. Aber, wo sind sie denn? Ich entdecke nur zwei von ihnen. Danke, liebe Meeresgötter, ihr habt mich erhört.

Ich bin an der Reihe, gemeinsam mit zwei anderen Aspiranten. Mit im Boot einer unserer Coaches, aber was ist denn das? Eine etwa 190 Meter hohe Gestalt, blondes perfekt gescheiteltes Haar, glänzende blaue Augen und offenbar durchtrainiert bis zur letzter Faser des schlanken Körpers. Es war mein Prüfer. Kapitän zur See und zur Luft, Arbeitgeber die Bundeswehr. Na ja, das kann ja heiter werden, dachte ich mir. Mein Name und der meiner vor Nervosität zitternden Mitstreiter interessierte ihn in keiner Weise. Fehlte nur noch, dass wir salutieren müssen. Ich sortierte diese arrogante Gestalt genau dort ein wo ich dachte, dass sie hingehört.

Los geht's, Eindampfen in die Vorspring, Rückwärtsfahrt, den Funkturm anpeilen, Fahrerwechsel. Jetzt die zu erwartende hohe und extrem komplizierte Aufgabe, den berühmt berüchtigten Palstek zu knüpfen. Dieses Ding hatte ich bereits vor vielen Jahren beim Anfang meiner Kletter"karriere" kennen gelernt. Er wurde dann durch wesentlich sicherere Knoten, wie den gesteckten Achtknoten, abgelöst, da er im alpinen Verwendungsbereich einfach ein Sicherheitsrisiko darstellt. Außerdem wird die Reißfestigkeit eines Seiles durch diesen Wunderknoten um bis zu 50 Prozent reduziert. Zugegeben, er lässt sich schnell knüpfen und leicht lösen und damit ist er für den maritimen Einsatz bestens brauchbar – wenn auch nicht als alleinige Dauerlösung. Aber über derartige „unwichtige" Dinge spricht man nicht bei Lehrgängen. Also gut, ich konnte diesen Knoten im Schlaf aus dem FF und blind knüpfen, wenn auch anders und weniger kompliziert als es offenbar in diesen Kursen geschult wird. Als der gestrenge Großmeister mein Ergebnis sah, behauptete er erwartungsgemäß, „das ist alles nur kein Palstek". Da ich mir zu 100 Prozent sicher war, entgegnete ich forsch, wenn auch ohne blaue Augen und blonde Haare und nur 179 cm hoch, „doch, er ist es". Die Verwirrung zeigte sich in seinem sonst so zum Zweikampf entschlossenen Gesicht und es kam der unmissverständliche Befehl, „noch einmal !". Das berühmte Zauberwörtchen „bitte", hatte der Kommandeur offenbar nie gelernt und war ihm daher fremd. Egal, das Ganze nochmal und dieses Mal beobachtete er sehr präzise meine Hände, prüfte das Ergebnis dieses für ihn unvorstellbaren Flechtvorgangs und musste ausdruckslos seine Niederlage eingestehen. Weitere Manöver blieben mir erspart, obwohl ich mich darauf gefreut hätte. Offenbar fehlte ihm jetzt auch die Lust auf weitere persönliche Zweikämpfe. Das Ergebnis zählt, nicht der Vorgang. In seiner beruflichen Welt offenbar aber nicht. Mir war es egal. Ich hatte nun endlich diesen Schein.

Meine theoretisch bessere Hälfte musste büßen, denn sie hat ja denselben Nachnamen wie ich. Um das abzukürzen, er rächte sich bitterlich. Forderte alle möglichen und unmöglichen Manöver von ihr und wartete präzise, bis sie irgendeinen kleinen Fahrfehler machte, der jedem passieren konnte. Seine stählernen Augen strahlten vor Siegesfreude, er hatte zumindest die Hälfte unserer 151-Punkte Crew erwischt.

Elke war das, zumindest auf dem zweiten Blick, völlig egal und so wie sie eben ist, zog sie sich für den zweiten Praxistermin gleich noch die Theorie für den

Sportboot Führerschein Binnengewässer rein, den sie am Tag X natürlich locker wieder mit 100 Punkte abradierte.

Als Prüfer kam dieses Mal ein überaus gemütlicher Oberbayer, geschätztes Lebendgewicht 1,5 Zentner ohne Knochen, bekleidet mit Gummihose, als würde er zum Hochseefischen auslaufen wollen. Nach kurzer Zeit war das Ganze erledigt, die Manöver waren korrekt gefahren, sogar inklusive MOB und auch der Palstek faszinierte ihn in der uns eigenen Knüpfungsart.

So muss es sein. Was soll denn dieser ganze Quatsch, der ohnehin keine wirklichen Praxiskenntnisse abprüfen kann und die glücklichen Scheininhaber*innen in eine trügerische Sicherheit versetzt.

Ende gut, alles gut. Wir haben jetzt 150+1 Prozent theoretische Kenntnisse, zwei Scheine See und sogar einen zusätzlich wenn wir doch einmal auf einem Binnengewässer unterwegs sein wollten.

Ich erwachte aus meinem Traum und war froh, dass ich es nur geträumt hatte. Oder doch nicht?

Also unserem Start in die See stand jedenfalls nichts mehr im Wege. Und so war es dann auch bis wir uns entschlossen, nicht nur Griechenland, sondern auch einmal in kroatische Gewässer einzutauchen. Und dort braucht man einen Funkschein. Allein dieses Wort „Schein" löste bei mir schon innere Vibrationen aus. Aber, es musste offenbar sein und alle Überredungskünste, dass Elke diesen Schein alleine und ohne mich erwerben sollte, halfen nichts. Die halbe Crew unseres Schiffchens bestand darauf, entweder zu Zweit oder gar nicht. Keine Chance.

Das Internationale Funkzeugnis – Ahoi, ich kann jetzt als Funker auf einem Kreuzfahrtschiff oder auf einem Tanker anheuern – aber das will ich gar nicht

Alleine schon der Begriff „International" machte mich stutzig. In wie vielen Sprachen sollte das wohl erfolgen und außerdem will ich nicht auf einem Tanker als Funker anheuern. Was die Sprachen angeht konnte ich mich beruhigen, es war nur Englisch. Nicht gerade meine Lieblingssprache, aber es ist eben so, die internationale Seesprache ist eben Englisch. Akzeptiert. Was den Tanker oder ein Kreuzfahrtschiff angeht, sah es aber nicht so rosig aus. Aber, dazu später.

Also, wir suchten uns wieder einen Anbieter aus, dieses Mal war es eine Segelschule. Auch sie residierte zu Kurszwecken in diesen grausamen alten Gebäuden, in denen schon Generationen von Schüler*innen ihre eigenen Erlebnisse hatten. Wir, natürlich wieder die gesamte Crew – Elke und ich, navigierten das Ziel punktgenau an, das konnten wir ja schon, und fanden auch zielsicher den Raum. Ich konnte mich wieder durchsetzen und wir platzierten uns auf der letzten Reihe. Elke vermutete schon wieder meine inneren Fluchtpläne, das sah ich ihr deutlich an.

Langsam füllte sich der Raum mit den anderen Leidensgenossen. Dann entwickelte sich auf einmal eine gewisse Hektik der Veranstalter, die laufend neue Stühle in den Raum transportierten und zusätzlich Tische. Hatten wir uns verhört? Die Gruppe war eigentlich auf 20 Personen begrenzt, um individuelles Lernen zu ermöglichen. Selbst mit geringen Rechenfähigkeiten hätte man durch eine einfache Addition schnell herausgefunden, dass es fünf Minuten vor Beginn schon mehr als doppelt so viele Teilnehmer*innen waren. Also, dieses *innen war fast überflüssig, denn es waren, mit Ausnahme von Elke und zwei weiteren Frauen, nur Männer.

Es ging los, dieses Mal aber eher unkonventionell und ohne maritime Verkleidung. Nur, die Methodik unterschied sich auch nicht und ich ahnte bereits, wie meine Motivation deutlich nach unten sackte. Aber dieses Mal war ich wild entschlossen das Ding mit Volldampf zu Ende zu bringen.

Zugegeben, in den ersten 5 Stunden verstand ich überhaupt nicht, was der Referent eigentlich wollte. Ich hätte mir gewünscht, auch nur einmal einen Funkspruch zu hören, so wie in der Praxis üblich ist. Nein, stattdessen unzählige Meldungen, die man ohne weiteres auch nachlesen kann. Und das Ganze auch zusätzlich in Englisch. Ein total frustrierter Mann, der kein Wort Englisch kann, entschloss sich zum geordneten Rückzug. Ich versuchte ihn zwar damit zu motivieren, dass dieses Englisch ohnehin kein Richtiges ist und „I am sinking" oder „fire on board" wirst du schon noch hinbekommen. Nein, sein Entschluss stand fest, er verzichtete. Ihm ist Einiges erspart geblieben, wie sich noch zeigte.

Jetzt kam der methodische Knüller, eine Datenkassette mit irgendwelchen Abläufen wurde in ein komisches Gerät eingelegt und jeder der rund 40 Teilnehmer durfte oder besser sollte sich das auf dem winzigen Display ansehen. Meine Geduld ging dem Ende entgegen. „Habt ihr keinen Beamer?", fragte ich. Antwort „nein". Gut, ich unterbreitete das Angebot, so ein Teufelsgerät jedes Mal mitzubringen. Entzücken verbreitete sich. Bedingung war aber, dass wir diese komische Kassette, die auch noch bezahlt werden sollte, wenn man sie haben wollte, umsonst herüberwuchs.

Die folgenden Abende waren somit zumindest technisch gelöst. Dann wanderte eine Art Bibel durch die Reihen, die jede/r eines Blickes würdigen sollte. Es handelte sich um das Handbuch für die Binnenschifffahrt auf Flüssen und Kanälen. Mir erschloss sich zu diesem Zeitpunkt nicht im Geringsten der Wert dieses Wunderwerks der Fachliteratur und ich reichte es auch sehr schnell weiter. Ehrlich gesagt, ich habe eigentlich kaum reingeschaut, wie die meisten. Denn, wenn ich es getan hätte, hätte ich währenddessen wichtige Erklärungen des Referenten vermutlich verpasst. Und das konnte ich mir mit meiner traditionell geringen Erfolgsquote in der Theorie ja überhaupt nicht leisten. Nein.

Ich begann eine Tabelle in WORD und EXCEL anzulegen, um diese Meldungen auf Deutsch und Englisch alle zu erfassen und zu sortieren.

Das Schlimmste stand uns aber noch bevor, denn jetzt mussten Meldungen in einem Stenogramm in Englisch geschrieben werden. Spätestens jetzt war mir klar, wir werden für den Marineeinsatz auf einem U-Boot vorbereitet. Auf meine Frage nach dem „warum", kam die Antwort, „ihr macht hier kein Funkzeugnis für eine Hobbyyacht, ihr könnt damit auf jedem Frachtschiff als Funker, sorry Funkerin, arbeiten." Aha, jetzt wusste ich Bescheid. Interessant war auch wieder, dass sich alles auf der Nord- und Ostsee und auf deutschen Binnengewässern abspielte. Überall dort, wo ich überhaupt nicht hin will. Also gut, Augen zu und durch, für die bezahlten 500 Euro will ich auch diesen Schein. Dass in dieser Gebühr auch die Fahrtkosten und Spesen der

Prüfer enthalten sind, erfuhr ich erst später. Aber dazu später mehr.

Die Prüfung besteht natürlich auch wieder aus einen Theorie- und einem Praxisteil. Den Theorieteil konnte ich mir vorstellen, konnte ja nichts anderes sein, als Fragen aus den vielen Bögen, die wir erhielten. Aber Praxis? Wo war denn die bisher? Ich suchte sie vergebens, ich war jedenfalls auf keinem Schiff und ein Funkgerät habe ich auch nie bedient. Ich habe auch nicht den Ansatz eines Funkspruchs vernommen. Und ich habe dieses Mal nicht geträumt, nein ich war hellwach und real vorhanden, befand mich also nicht im Nirwana. Muss man vermutlich nicht, dachte ich mir – und lag falsch. Jedenfalls, was mich betraf.

Der Tag X war da. Wieder 8 Uhr, Plätze einnehmen, aber dieses Mal nur zwei uns unbekannte Herren. Sie wurden uns auch schon vorher angekündigt. Funkprüfer aus Hamburg. Wozu denn das, gibt es keine aus unserer Region? Wozu das, erschloss sich mir nicht, aber offenbar sind hier gewisse Verbindungen vorhanden, die unerklärlich sind. Jedenfalls kamen die Beiden von der Waterkant, reisten mit dem Flugzeug eigens an und übernachteten auch noch zwei Tage im Hotel. Und das alles auf unsere Kosten. Na bravo! Mir drängten sich Vermutungen auf, die ich besser nur im Traum weiter träume.

Die Theorieprüfung startet, wieder flatterten die Prüfungsbögen auf den Tisch. Die Bewacher machten sich wieder auf den Weg und schritten mit entschlossener Mine und einer Hand in der Hosentasche durch die Reihen mit den verängstigten KWolfidat*innen. „Blood, Sweat and Tears". Aber dieses Mal ging mein Pokerspiel prächtig auf. Meine Strategie – 50 Prozent und keine Antwort mehr, egal ob auch noch mehr möglich wären. Um mich herum leicht gerötete rauchende Köpfe, nervöse Finger. Die Anspannung war nicht zu übersehen, kein Geräusch, volle Konzentration. Klar, schließlich geht es ja auch um das Wichtigste im Leben, die Lizenz zum Funken auf einem Tanker oder einem Kreuzfahrtschiff. Ja, das wusste aber vermutlich keine*r, ich übrigens auch erst etwas später.

Ich wollte mich in keiner Weise zum Stänkerer aufspielen, aber ich hatte einfach keine Lust mehr als die Hälfte zu beantworten, da ein großer Teil der Fragen so sinnlos war, dass man eben nichts damit anfangen konnte. Daher fügte ich mich in mein Schicksal, um meine Funkerkarriere nicht zu gefährden. Ich addierte meine Antworten auf, es waren genau die Hälfte und das genügte. Es ließ sich auch ganz einfach kontrollieren, denn die richtigen Auswahlantworten waren so eindeutig und die anderen so unsinnig, dass man gar nicht falsch liegen konnte. Also, ehrfurchtsvoll und absolut ruhig erheben und abgeben. Nur kein Geräusch verursachen und nicht den Eindruck erwecken, dass man so ungeheuer schnell ist. Eher etwas Gelassenheit versprühen und niemand verunsichern. Leichtes Entsetzen war bei dem Coach nicht zu übersehen. Immerhin war es eine private Segelschule und die wollte keinen „Durchfall" riskieren. Ich versicherte ihm, dass alles in bester Ordnung sei, laut Prüfungsbedingungen.

Ich erholte mich außerhalb dieses Raumes prächtig und am Ende der vorgegebenen Zeit waren dann auch alle anderen Mitleidenden auf den ungemütlichen Stühlen im Warteschlauch angekommen. Einige schafften es gerade noch nach außen zur Zigarette. Andere versuchten dem etwas abgewrackten Automaten – es war irgendwie ein uraltes öffentliches Gebäude – ein warmes Getränk zu entlocken. Aber eines war fast allen gemeinsam, sie kauerten auf den Stühlen und verkrochen sich in ihr Manuskript. Denn jetzt begann die Aufgabe der beiden Leute von der Waterkant. Jetzt wurde es ernst.

Rund vier Personen waren vor mir dran, auch meine sicher wieder absolut bessere Hälfte. Kaum war sie drin, war sie schon wieder außen, erledigte das komische Stenogramm und war offenbar lizensiert als weltweite Funkerin auf allen Schiffen der Meere, Kanäle, Flüsse und Seen. Ich ging davon aus, sie hatte wieder 100 Punkte in der Theorie, das beschleunigte das Verfahren.

Herr Gerhard, wurde ich aufgerufen. Moin, moin begrüßte man mich im wunderschönsten Hamburger Dialekt. Der Aufruf meines Vornamens signalisierte mir eine vermeintliche kooperative Stimmung. Fehlt nur noch, dass die Dich duzen, dachte ich mir. Was soll ich dann machen, ich kann doch nicht ein hochdekoriertes Prüfungskommiteé mir Vornamen ansprechen? Also, ich, Grüß Gott, und am liebsten hätte ich Hein und Jens zu ihnen gesagt. Sie waren allerdings der Meinung, dass Gerhard mein Nachname und Clemenz mein Vorname ist. Ich klärte diesen kleinen Irrtum auf. Vielleicht ein kleiner Fehler, nachträglich betrachtet. Es ging los. Die erste Aufgabe war nur mit diesem komischen Apparat zu lösen, den wir im Prinzip nie richtig zu Gesicht bekamen. Ich wusste nichts damit anzufangen und dokumentierte das auch in aller Deutlichkeit. Meine Chance auf Erfolg sank gegen Null. Die nächste Aufgabe: „Sie befinden sich in der Ostsee (die genaue Position weiß ich nicht mehr) auf einem Tanker auf 150 m Wassertiefe, müssen wegen Maschinenschaden ankern und funken die nächste Leistelle an. Ihren Funkspruch und die Leitstelle bitte."

Meine Antwort, nein, das hätte ich besser nicht gesagt, „auf 150 m Wassertiefe ankere ich nicht und auf einem Tanker will ich ohnehin nicht arbeiten als Funker, ich will überhaupt kein Funker werden."

„Sie sollen nicht entscheiden wo Sie ankern, sondern funken und außerdem erwerben Sie hier kein Funkzeugnis für die lustige Freizeitschifffahrt, sondern für jeden Bereich, also auch für die Berufsschifffahrt. Vielleicht wollen sie doch einmal auf einem Kreuzfahrtschiff als Funker arbeiten". Das war überdeutlich. Ich sagte nichts mehr. Jetzt bloß nicht mucksen, sonst ist es aus. Die werden mich ins Wasser, vermutlich in die Nordsee, die ist noch kälter. Also funkte ich eine Leistelle an, erwischte jedoch zu allem Unglück die Nordsee. Es wurde still im Raum. Zum Glück hat der Funkspruch gepasst, wenigstens etwas.

Die Tür zum Scheinparadies öffnete sich einen Spalt und eine Stimme flüsterte: "Kann ich schon den Schein vorbereiten?". Hein und Jens im Doppelpack: „Ne, ne den brauchen wir schon noch ein bischn", ertönte es im in der Hamburger Plattmelodie. Die Himmelspforte schloss sich wieder. Oh lieber Meeresgott, steh´ mir bitte bei.

„So, jetzt bekommen Sie noch eine Aufgabe und wenn das nichts ist, dann is eben nix." Das war deutlich. Die Aufgabe war, ich befand mich schon wieder auf einem Frachtschiff, aber dieses Mal auf einem Binnengewässer und zwar auf dem Main. Ich habe angeblich Feuer an Bord und funke die nächste Schleuse an. So, jetzt haben wir den Mist, denn dazu brauche ich das Handbuch, das damals in Windeseile durch die Reihen flutschte. Ich wühlte darin herum und die Beiden erkannten, dass die Zeit lief, denn ich war bereits 30 Minuten in dieser Qualbox. Draußen zitterten noch mindestens zehn andere und warteten auf ihre Aburteilung. Also, man half mir die Seite zu finden und hatte ein Einsehen. Der Funkspruch passte, die Schleuse war nur abzulesen, dieses Mal passte ich auf, dass ich nicht den Rhein oder ein anderes Gewässer erwische. Durchatmen.

Die Himmelspforte wurde geöffnet, ich trat zum letzten Teil an, dem berüchtigten Stenogramm. Bis auf eine kleine Unrichtigkeit konnte ich diese Hürde mit Bravour nehmen und stand jetzt vor dem großen Entscheider. Er hatte ein Einsehen und erkannte, dass ich doch nicht so blöd bin. Er übergab mir mit voller Gnade das Funkzeugnis, allerdings mit dem deutlichen Hinweis, dass ich noch sehr viel nachholen und lernen müsse. Auf meine Frage nach dem warum, bekam ich die Antwort: „Sie haben nur 50 Prozent der Fragen beantwortet, den Rest überhaupt nicht." Darauf erlaubte ich mir, ich hatte ja das Zeugnis schon weggepackt, die Antwort: „50 Prozent genügen doch, oder habe ich die Prüfungsordnung falsch gelesen?". „Nein, ist schon in Ordnung, aber Ihre Frau hat 100 Prozent erreicht und 100 Punkte, nehmen Sie sich ein Beispiel an ihr." Bumm, das saß wie ein Peitschenhieb eines Piratenkapitäns gegenüber einem Meuterer.

Na ja, wir haben die Aufgaben an Bord unseres Schiffes auch genauso verteilt, Elke funkt, sie hat ja die volle Punktzahl. Und sie macht das auch sehr gerne und gut. Passt. Das ist Arbeitsteilung wie sie in einer modernen Gesellschaft üblich ist. Was man gerne macht, macht man mit Freude und was man mit Freude macht, macht man gut, sogar sehr gut. Ich mache dafür viele andere Sachen an Bord sehr gerne und daher auch sehr gut.

Die Referenten der Segelschule hatten übrigens bei den Prüfern ihr Veto eingelegt, da einige Aufgabenstellungen, die sie mir präsentiert hatten, laut Prüfungsordnung überhaupt nicht zulässig waren. War es vielleicht doch eine kleine Rache wegen meiner 50 Prozent-Strategie, die auch noch aufging und korrekt war? Wer weiß. Ich war jedenfalls rehabilitiert.

Ach so, meine bessere 100-Punkte-Hälfte war ja nur rund fünf Minuten in der Mangel. Hier ihre Aufgabe:. „So, Sie befinden sich mit Ihrer Segelyacht in einer Bucht auf der Adria (wie schön) und funken zu einer anderen ankernden Yacht, ob die Crew zu Ihnen zum Kaffee trinken kommen möchten." Na also, geht doch!

Und, sie beherrscht die Funkerei perfekt, auch wenn sie auf keinem Tanker oder auf einem Kreuzfahrtschiff angeheuert hat. Wie viele der FreizeitCrews das Funken überhaupt beherrschen will ich gar nicht wissen, denn eines steht fest, die absolut leistungsfähige Mobiltelefonie hat so manches ersetzt. Pech nur für die, die gerade in ein Funkloch „geplumpst" sind und darin hilflos herum umher irren.

Und, wie ist das auf Charterschiffen, werden die Crews in die Bedienung überhaupt eingewiesen und funktionieren diese Dinger überhaupt? „The answer my friend is blowing in the wind…",

Mucki und Jessi
der lebendige Einlass-Code
etwas Mut und bloß nichts vergessen

Hauptdarsteller   ▶ **Silvia, Bernd, Mucki, Jessi**
Erlebt und erzählt von ▶ **Silvia und Bernd**

Wenn man bei Marinas vorbeigeht, kann man bekanntlich sehr unterschiedliche Sicherheitsmechanismen erleben. Da gibt es welche, die erinnern an einen Hochsicherheitstrakt mit Security-Personal wie bei militärischen Absperrzonen, bei anderen wundert man sich, dass man absolut problemlos auf den Stegen zu den Yachten spazieren kann. Schilder, wie „for Crews only" sollen zwar auf ein Betreten Unbefugter hinweisen, verhindern können sie es aber auch nicht, sofern die Zugänge nicht abgesperrt sind. Der Hinweis auf „Video Control" ist auch nur ein zahnloser Tiger, sofern die Zugänge nicht wirklich durchgängig damit überwacht werden.

Bernd und Silvia, ein Seglerpaar aus dem süddeutschen Raum, waren mit ihrer trailerbaren Friendship 22, oft auf großen Binnengewässern unterwegs und auch schon einige Male auf dem Balaton, also dem Plattensee, in Ungarn.

Dieser größte Binnensee Mitteleuropas ist mit seinen Abmessungen in etwa mit dem Bodensee vergleichbar. Genau ist er fast 800 Quadratkilometer groß, hat aber nur eine durchschnittliche Tiefe von 3,50 Metern. An seinen Ufern hat er viele Schilfzonen, kleine und ursprüngliche Häfen und nur einen kleinen Bruchteil an Schiffen anderer großer Binnenseen, also auch des

Bodensees oder des Gardasees. Also, hier geht es ruhig zu. Vor allem außerhalb der Hauptsaison und während der Woche. Für Liebhaber ungarischer Weine, die schon seit mehreren Jahren einen enormen Qualitätssprung erreichten, sind Teile des Nordufers interessant, denn hier befinden sich die Weinberge aus denen die bekannten Tropfen stammen.

Wir entdeckten diesen See mehr durch Zufall, indem uns damals beim Stöbern in einem Buchladen ein Büchlein des Seglerehepaares Hitzler aus Nürnberg mit dem Titel „Skipper´s Balaton Handbuch" in die Hände fiel. Heute ist zusätzlich ein wesentlich umfangreicheres von Csaba Horvát mit dem Titel „Balaton Pilot" auf dem Markt. Wir wollten das einfach einmal ausprobieren, kuppelten unseren Vagabund, eine 24-er Jeanneau, an und auf gings nach Ungarn. Wer sich vielleicht wundert, dass ich von „unserem" spreche, es ist ganz einfach. Bei uns hörten alle Boote im Zuge der Gleichberechtigung auf ihren weiblichen oder männlichen Namen, also „der Vagabund", es war ja schließlich keine „Vagabundine". Und so hört unsere jetzige Yacht auf den Namen „Albatros" und der heißt bei uns „der" Albatros. Aber das nur nebenbei.

Also, wir waren am Balaton, kranten ein und steuerten den kleinen Hafen, eher schon eine kleine Marina, Szigliget am Nordufer an. Wie könnte es anders sein, als hier ein paar Gläser des berühmten Szürkebarát, der Graue Mönch, zu verkosten. Ein Pinot Gris mit etwas lieblicherer Note. Neben uns das Ehepaar Bernd und Silvia, die auch mit ihrer Friendship neben uns in den Dalben liegen. Unschwer zu erkennen, dass man sich einfach versteht, deutsche Flagge am Heck. Zum Glück, denn Ungarisch gehört bekanntlich nicht gerade zu den unkomplizierten Sprachen Europas. Also, kamen wir in´s Gespräch und die Beiden kannten sich hier wirklich gut aus. Wie unsere Pläne seien? Na ja, eigentlich wollten wir täglich entscheiden, wie wir weiter machen, wir kannten ja ohnehin nichts. Aber Keszthely war vermutlich unser nächstes Ziel. Vor allem weil es auch historisch sehr interessant ist, denn hier blühte die KuK-Zeit förmlich auf und Kaiser Franz Josef war ein beliebter Gast. Viele Gebäude sollen noch als Zeitzeugen stehen. Und, wie das so ist, kam schon die erste Anektode der Beiden.

„Wir lagen vor ein paar Tagen im besonders idyllischen Clubhafen der Ungarischen Armee, ungefähr eine halbe Seemeile östlich der Stadt Keszthely. Dazu muss man durch einen schmalen Schilfkanal schippern, der durch zwei Stangen (rot und grün) mäßig, aber ausreichend gekenn zeichnet ist. Der kleine Hafen hat absolut sichere Liege plätze zwischen Dalben und äußerst freundliche und hilfs bereite Clubmitglieder. Die Dalben wackeln etwas, macht aber nichts, da es hier weder Bora noch Schirokko gibt."

Ich fragte natürlich, ob sie diesen Schlupfwinkel empfehlen können.

„Aber natürlich, aber wenn ihr Euch auf den Weg in die Stadt macht, vergesst nie die Namen der beiden Wachhunde."

Welche Wachhunde, wollten wir wissen, ist das nicht gefährlich, es gibt ja wohl einen Wachmann oder so etwas Ähnliches, der die Zwei im Griff hat.

„Nein, gibt es nicht, jedenfalls nicht nach 18 Uhr."

Na bravo, das kann ja was werden. Und wie ging es dann weiter, wollten wir natürlich wissen.

„Am Abend machten wir uns auf den Weg, um die alte Universitätsstadt mit ihrem schönen Barockschloss Festetics zu besuchen. Die zwei Hunde, undefinierbare

Rassen, spazierten im eingezäunten Gelände hin und her und nahmen eigentliche keine Notiz von uns. Das Tor war verschlossen. Also machten wir uns auf die Suche nach dem Hafenmeister, der auch schnell aufgefunden wurde. Wir kannten ihn ja schon vom Einfahrtsmanöver und bekamen schon den vierten Schnaps angeboten. Muss sein, geht nicht anders, Ablehnung hätte die Freundschaft mächtig angekratzt. Also, hinunter mit dem zeug, brennt alle Krankheiten im Ansatz aus. Ich sperre Euch auf und wann kommt ihr zurück, wollte er wissen. Wissen wir nicht genau, vielleicht so um 22 Uhr. Sind Sie um diese Zeit noch hier? Nein, aber die Hunde und das Tor ist offen. Na, bravo, und wir kommen wir hier rein, ohne zerfleischt und aufgefressen zu werden? Ganz einfach, meinte er, wichtig für euch ist es bei der Rückkehr ins eingezäunte Clubgelände, dass ihr euch die Namen meiner beiden Wachhunde, sie heißen Mukschi und Jessi, genau merkt. Ansonsten rate ich keinem das Gelände zu betreten!, teilte er uns unmissverständlich mit und grinste leicht dabei. Silvia kramte einen Zettel aus ihrer Handtasche und notierte diesen Hunde-Code. Bloß nicht den Zettel verlieren, bloß nicht. Also wanderte er in eine sichere Innentasche meiner Hose, wertvoll wie eine Goldmünze. Nicht auszudenken, wenn wir diese Namen vergessen oder den Zettel verlieren. Übernachtung vor dem Zaun mit unversperrter Türe und zu allem entschlossene Hunde, die vermutlich auch noch die Türe öffnen können."

Und, wie funktionierte das Ganze, wollten wir natürlich wissen.

„Im Prinzip ganz einfach. Als wir uns dem Gelände näherten, ertönten bereits nicht besonders freundliche Töne aus den Kehlen der beiden Raubtiere. Sie machten auch keinerlei Anstalten, sich an uns zu erinnern. Vermutlich hätte nicht einmal ein großer Zapfen Wurst ihr Erinnerungs vermögen mobilisiert. Am Eingang angekommen, riefen wir ihre beiden Namen. Der Hunde-Code funktionierte, sie gaben schwanzwedelnd grünes Licht zum Eintritt. Und wir gingen zwar mit etwas weichen Knien, aber absolut sicher begleitet und unbehelligt zu unserem Boot."

Na dann, egészégére auf dieses Erlebnis. Was das heißt? Ganz einfach, prosit. Ja, Ungarisch ist nicht gerade einfach.

Ach so, ja wir haben den Hunde-Code natürlich auch zwei Tage danach getestet. Er hat wieder funktioniert, wir leben noch, völlig unversehrt und ohne Bisswunden. Ein „nachhaltiges" und völlig natürliches Öffnungssystem ohne jeden Stromverbrauch. Einzige Voraussetzung, etwas Mut und Namensgedächtnis.

Yacht-Kauf und Übergabe
„Wir übergeben nicht nur, wir nehmen uns Zeit"

Hauptdarsteller ▶ **Max**
Erlebt und erzählt von ▶ **Fritz**

Verkaufsstrategien im Handel sind wahrlich nichts Neues und haben sich in den vergangenen 25 Jahren wohl im Detail, nicht aber in ihrem Grundsatz auffällig verändert. Selbstverständlich variieren die Aussagen etwas von Branche zu Branche und von Coach*in zu Coach*in. Eine Zielrichtung haben sie aber alle gemeinsam, Umsatz erzielen und steigern und das mit zufriedener Kundschaft.

Hierzu 10 Strategie - Aussagen aus einem Coaching-programm für erfolgreiche Verkäufer*innen:

1. Wecke bei deinen Kunden und Kundinnen das Interesse an dem Artikel.
2. Du erzielst bessere Umsätze durch zufriedene Kunden und Kundinnen.
3. Der erste Eindruck zählt.
4. Sei authentisch – bleib deiner Linie treu.
5. Wertschätze deine Kunden und Kundinnen.
6. Begegne deinen Kunden und Kundinnen auf Augenhöhe.
7. Ehrlich währt am längsten.
8. „Verteile" Goodies als Dankeschön und als Einladung und Motivation zum Wiederkommen.
9. Profitiere vom Reiz der Knappheit.
10. Bedenke immer, die meisten Kunden und Kundinnen beschweren sich nicht, sie „gehen einfach".

Nun, wenn ich mir das Ganze beim Kauf eines Möbelstücks, eines Mountainbikes, einer Skiausrüstung vorstelle, dann kann ich durchaus eine gewisse Übereinstimmung entdecken. Nahezu volle Deckung ergibt sich beim Kauf eines Reisemobils. Die Konkurrenz ist groß, die Artikel und ihre Preise weitgehend vergleichbar und dazu noch Europa weit 2 Jahre gesetzliche Gewährleistung bei Schäden, die der Händler oder Hersteller zu vertreten hat. Und, wenn dieser nicht gerade insolvent wurde, kann ich ihn auch haftbar machen. Also, wo ist das Problem bei einem Schiff?

Mal seh´n, was von diesen 10 Aussagen am Ende übrig bleibt. Ich habe sie in die Schilderung von Fritz einfach eingebaut. Fritz habe ich in keinem Hafen, in keiner Marina oder an einer Boje getroffen. Nein, ganz wo anders, nämlich bei einem Buschenschank in der Steiermark als er uns auf den Aufkleber „Segeln & Wandern" auf unserem Wohnmobil ansprach. Er war gerade von seinem Schiff in Dalmatien auf dem Heimweg nach Bayern. Fritz ist ein Klassiker, aufgewachsen mit kleinen Booten, unkonventionell, mehrere Jahre getrailert. Doch irgendwann hatte er das nervige Trailern, Einkranen, Auskranken, Mast aufstellen und Mast legen einfach satt. Man wird ja nicht jünger. Also, entweder Schluss damit oder stationär. Für endloses Basteln ist er nicht der Typ, er will leben und unterwegs sein, also segeln. Nicht, dass er handwerklich ungeschickt wäre, nein, aber seine Hauptaufgabe sieht er jedenfalls nicht im jahrelangen Basteln bis das Ding endlich einmal vernünftig schwimmt. Also, wenn schon, dann etwas Neues.

Also, einen halben Liter Welschriesling und bei dem ist es nicht geblieben. Als ich ihn fragte, ob er zu einer Story bereit wäre, kam ein unverzögertes „natürlich", warum denn nicht. Und man merkte ihm an, es machte ihm so richtig Spaß, je länger unser Gespräch wurde.

Hier ist das Ergebnis von rund vier Stunden angeregter Unterhaltung mit einigen Achterln. Zum Schluss ein Weißburgunder vom Feinsten.

Lust auf etwas Neues

Es mag vielleicht ein Fehler sein, sich für „eine Neue" zu entscheiden anstatt auf dem schier unerschöpflichen Gebrauchtmarkt umzusehen. Aber, was macht man nicht alles falsch oder richtig im Leben? Also, ist es auch hier sinnlos zu philosophieren, vor allem nachträglich. Ich habe es nicht bereut, wenn ich mir auch den Verkaufs- und Übergabeprozess inklusive Nachbehand lung doch etwas anders vorgestellt hatte. Hauptschuldige sind eindeutig die großen verführerischen Bootsmessen und in der Folge die Einladung zu der intimen Hausmesse, welche die Lust auf Neues geradezu anfeuern. Und wenn man zu einer Hausmesse geht, hat das Gehirn seinen Entschluss ohnehin schon längst gefasst und signalisiert „kaufen, kaufen, kaufen". Psychologen und Soziologen mögen da anderer Meinung sein, bei mir war es eben so.

▶ Die Punkte 1. und 3. bis 6. sind schon mal erfüllt.
Der Rest wird sich zeigen.

Der folgende Ablauf unterscheidet sich dann kaum von dem eines Autokaufs, eines Wohnwagens oder ähnlichen Produkts. Auswahl, Ausstattungsdetails, Anzah lungsmodus, Liefertermin und dann die Unterschrift unter den Kaufvertrag. Aus und vorbei, jetzt gibt es kein zurück.

► Aber, was ist mit Punkt 8., den Goodies usw. fragte ich mich insgeheim und dann Fritz?

Na ja, es kann schon passieren, meinte er, dass eine Flasche Prosecco (der vermutlich günstigsten Sorte vom Discounter) herüberwächst. In den uns bekannten und berichteten Fällen waren es meist Schlüsselanhänger und Kappen, natürlich mit dem Werbeaufdruck des Händlers oder des Herstellers. Super, tolle „Goodies" – wir werden dich nie vergessen lieber Händler.

Halt, Punkt 9. Fehlt ja noch, die Knappheit. Ja, das ist nun wirklich eine Frage der Marke. Wenn meine Werft nur eine sehr begrenzte Produktionskapazität hat, dann dauert es eben von der Bestellung bis zur Übergabe schon mal 2 Jahre. Bei Standardyachten sind da meist rund 6 Monate, bei Gebrauchten geht das „ruck-zuck", da ein*e Verkäufer*in das Ding sofort loswerden will. Nun, die Knappheit kann durchaus zu einem schneller als selbst gewollten Kaufabschluss führen. Ob die Tage danach vom Glücksgefühl oder doch eher von Zweifeln begleitet sind kommt wohl auf den Einzelfall an. Nun, Punkt 10. Ist zu diesem Zeitpunkt, jedenfalls für diese Yacht, nicht mehr relevant. Allenfalls für eine andere danach. Also, abgehakt, Augen zu und durch.

Wir haben beim Besuch einer Werft, die ausschließlich sehr hochwertige Yachten im oberen Preissegment in kleineren Stückzahlen herstellt, erfahren, dass sich ein Kunde mit seinem Wohnmobil auf dem Werftgrundstück platzierte, um zeitweise die Produktion seines Wunschobjekts zu begleiten. Natürlich mit Zustimmung der Geschäftsleitung. Punkte 5. Und 6. Sind

Übergabe mit „sehr viel Zeit" und Feuerwerk

„Wir übergeben nicht nur, wir begleiten Sie und nehmen uns die Zeit, die Sie wünschen", steht in der Homepage des Händlers. Na, klingt doch toll, endlich mal jemand, der sich um mich kümmert.

▶ Punkt 5. scheint angekündigt zu sein.

„Ihr Schiff ist soeben in der Marina Koper angekommen und wird zur Übergabe vorbereitet." Was soll denn dieser Quatsch? Diese Mitteilung erfolgte zu einem Zeitpunkt, der alles andere als vereinbart war. Auf meine Aussage „ich kann frühestens in einer Woche übernehmen, da beruflich bis dahin gebunden bin", meine freundliche Antwort: „Macht doch nichts, Ihr Schiff liegt dort gut". Stimmt, nur wird für jeden Liegetag eine satte Liegegebühr fällig, die völlig unnötig wäre. Nur nicht aufregen, kein zusätzlicher Freizeitstress, Herzinfarkt vermeiden.

▶ Genau richtig, denke entspannt an Punkt 9., die Knappheit des Gutes. Du kannst froh sein, dass dein Schiff überhaupt kommt.

Es war soweit, zwei Termine um vier Wochen verschieben, den Rest mit Kolleg*innen organisieren, Auto packen und alles Nötige mitnehmen. Vor allem die Schiffspapiere nicht vergessen. Meiner Partnerin gelang es auch, ihren Urlaub vorzuverlegen, also los gings. Wir kommen an und sehen unser Objekt der Begierde ruhig und friedlich am Kai liegen. He, da seid ihr ja endlich, scheint sie zu sagen. Ja, ging nicht schneller liebe Luna, so soll sie nämlich heißen, die Dame, aber jetzt sind wir ja hier, alles gut. Und schon kam Max. „Hallo, herzlich willkommen, schön, dass ihr da seid." Ist alles fertig, will ich wissen. „Ja, nur das Funkgerät muss ich noch installieren, dann können wir gleich die Übergabe und die Probefahrt machen." Wie, haben unsere Ohren bei der Fahrt gelitten, denken wir uns. Probefahrt, bei diesem Wetter? Gewitterwolken so weit man sehen kann und Starkwindwarnung obendrein. Wie war das gleich mit der Übergabe? Wir übergeben nicht nur, wir nehmen uns Zeit. Also, immer mit der Ruhe lieber Max, das hat ja wohl noch etwas Zeit. Morgen ist auch noch ein Tag, nachdem der Kahn ohnehin schon eine Woche sinnlos hier herumliegt und nur unnötig Geld kostet, kommt es auf einen weiteren Tag auch nicht an. „Geht leider nicht, da ich noch heute Abend zurück nach Frankreich fahren muss." Haben wir uns schon wieder verhört oder ist es der aufziehende Wind?

▶ Punkt 4. bleibe deiner Linie treu - ist scheinbar erfüllt, denn das ist offenbar die ganz normale Masche in dieser Szene.

Der Reiz des Neuen überwiegt und wir lassen uns auf diesen Schwachsinn ein. Gehen die Übergabepunkte mit der Checkliste durch und laufen zur Testfahrt aus. Um uns herum Blitze, Donner, Starkwind. Max erklärt „in aller Ruhe einer absolut ruhigen Übergabe" das Reffsystem des Großsegels, das auch dringend ein Reff benötigt. Der Wind hatte inzwischen auf rund 6 bft. zugelegt. Insofern könnte man natürlich auch der Meinung sein, „Lernen kann man nur harten und realistischen Bedingungen". Und was ist das, im Salon hängen zwei Kabel aus der Deckenverkleidung? Max zückt seine Kombizange und die Silvesterparty mit

Feuerwerk konnte beginnen – und das tat sie auch. Was fehlte war nur noch der Champagner. Ein Blitz, und schon sprühten die Funken aus den beiden Kabelschwänzen und Max entledigte sich sehr schnell seiner Zange, indem er auf den Boden warf. „Max, du kannst alles machen, aber bitte jetzt nicht sterben, denn die Übergabe ist noch nicht abgeschlossen", mein deutlicher Befehl.

▶ Punkt 7. ehrlich währt am längsten, von meiner Seite aus jedenfalls vollkommen erfüllt.

Wir überstanden dieses Abenteuer, kehrten an den Kai zurück, Max verabschiedete sich und steuerte offenbar die nächste Übergabe dieser Art, diesmal in Frankreich, an. Dort warteten sicher auch schon Kunden, die dem Motto „Wir übergeben nicht nur, wir begleiten Sie und nehmen uns die Zeit, die Sie wünschen", noch vertrauten.

▶ Sicher wird es so sein gemäß Punkt 4. sei authentisch – bleib deiner Linie treu.

Und dann...?

Na ja, eine Tür bei einem neuen Schrank muss schon mal nachgestellt werden, bei einem Reisemobil klemmt schon mal ein Fenster und bei einem Mountainbike muss vielleicht die Schaltung nachjustiert werden.

Also, philosophierte Fritz und beruhige seine Nerven, was ist schon dabei, wenn bei einer nagelneuen Segelyacht, für die man viele Mountainbikes oder Schränke und vielleicht auch zwei Reisemobile bekommt, natürlich abhängig von ihrer Größe und Ausstattung, einfach mal der gesamte Inhalt des Dieseltanks ausläuft und sich in die

Innenräume des Schiffes verbreitet oder einfach die gesamte Elektronik in der Steuersäule fehlt? Oder, wenn einfach erst langsam und dann immer flottter Wasser aus der Antriebswelle hereinläuft oder der Kahn sehr eigenwillig unter Autopilotsteuerung genau das Gegenteil macht was der Skipper will? Völlig unverständlich, dass sich so ein eigebildeter Eigner beschwert, wenn nach einer Woche seine Heckdusche nicht funktioniert. Ja, was glaubt denn dieser Typ was er gekauft hat? Ein Schiff ist ein Wunderwerk der Technik und Wunder sind nie vollkommen.

Der Innenraum wird natürlich gereinigt, das Bisschen Dieselgestank vergeht schon, spätestens nach zehn Jahren. Außerdem wäre Benzin viel schädlicher. Also, nur die Ruhe. Und die fehlende Elektronik – na ja, braucht man die überhaupt, Columbus hatte so etwas auch nicht. Das mit dem Autopiloten ist schon ein Problem. Da muss man erst einmal viele Bildchen machen und Daten liefern. Das dauert natürlich bis Spezialisten anreisen. Sie kamen sogar angeflogen, was es nicht alles gibt. Was, nach einer Minute war das Problem behoben, für das man mehr als vier Wochen Daten lieferte? Ein Teekessel auf der rechten Flamme und damit zu nah am elektronischen Kompass in der Achterkabine. Drei Schrauben und er war versetzt. Ach so, das Wasser. Na, das ist aber komisch. Können Sie das nicht mit einem Tape abdichten? Das Material ersetzen wir natürlich. Krantermin bevor der gesamte Kahn geflutet war. Ja, das kann doch jedem passieren – die Werftmitarbeiter hatten eben statt fünf Tuben Sikaflex eben nur eine verpresst. Kann sein, dass die Feierabendglocke den Vorgang unterbrochen hat oder man hat eben Material eingespart. Soll man ja auch aus ökologischen Gründen. Unverständlich dieses Gemotze.

Und die Heckdusche? Na, das ist ja wohl ein Scherz. Muss man unbedingt am Heck duschen? Zu viel Wasserverbrauch schadet der Umwelt. Wozu ist denn so viel Salzwasser da. Und Salzwasser schont die Haut. Was, Sie bestehen auf einer Reparatur? Unverschämtheit. Und jetzt auch noch das Gemotze vom Servicepartner weil der Mechaniker nicht durch die Öffnung kommt, um den Schlauch neu zu fixieren. „Besorgen Sie doch einen Japaner, die sind klein und schlank", der heiße Tipp des Händlers im Original.

„Stimmt das wirklich alles, Fritz, alles bei dir passiert?". „Ja und nein. Die Dieselstory hat mir Franz geschildert wie er eine nagelneue 45-er von Koper aus zu einer kroatischen Marina für einen Bekannten überführte. Der Rest aber stammt von mir."

▶ Damit sind folgende Coaching-Punkte voll und ganz erfüllt:
2. Du erzielst bessere Umsätze durch zufriedene Kunden und Kundinnen.
4. Sei authentisch – bleib deiner Linie treu.
5. Wertschätze deine Kunden und Kundinnen.

„Eine Frage zum Schluss, Fritz. Wie kamst du auf den Namen Luna für das Schiff? Und warum einen weiblichen Namen, keinen männlichen oder lustigen?"
„Ach weißt du, ich wollte erstens keinen englischen, italienischen oder französischen und dann einen weiblichen, weil Schiffsnamen immer in weiblicher Form gesprochen werden. Wie hört sich denn das an wenn ein Schiff auf den Namen Albatros hört und man sagt – die Albatros -? Da müssen sich doch bei jedem normalen Menschen mit

Sprachgefühl die Stimmbänder kringeln. Und – Albatrosine -, na, das ist doch wohl auch nichts. Dann lieber schon gleich weiblich und Luna ist ja bekanntlich eine Göttin. In der römischen Mythologie die Göttin des Mondes und in griechischen Mythologie ist sie Selene, ebenfalls die Göttin des Mondes. Ja, und Luna finde ich irgendwie toll, denn ihr Mond geht abends wunderbar am Horizont auf und morgens wieder wunderbar am Horizont unter. Für mich ein ebenso faszinierendes Schauspiel wie der Aufgang und der Untergang der Sonne."

Danke, Fritz, für deine wunderschöne Schilderung deines Erlebnisses, das sicher kein Einzelfall ist und Gesundheit mit einem allerletzten Achterl.

Warum werden Schiffsnamen meist in weiblicher Form ausgesprochen, auch wenn sie überhaupt nicht weiblich sind?

Hierzu 4 mögliche Antworten:
- Die Ägypter sagen, weil sie Glück bringen.
- Die Engländer sagen, weil sie launisch sind.
- Die Amerikaner sagen, weil sie schön sind.
- Die Friesen sagen, weil sie auf uns warten.

Ein Fehlgriff in die KVR-Signalkiste
zum Glück mit lustigem Ende

Hauptdarsteller   ▶ **Renate und Elke**
Erlebt von   ▶ **Georg und Gerhard**

So manche Erlebnisse lösen, wenn sie erzählt werden, bei den einen Kopfschütteln und Unverständnis, bei anderen dagegen ein verschmitztes Grinsen und Erinnerungen aus. Bei letzteren vermutlich durch die Gedanken, Gleiches oder Ähnliches auch schon einmal fabriziert zu haben. Und genau so erging es den beiden Bordfrauen als sie ihre Story schilderten. Zum Glück beschränkte sich aber die Reaktion auf Letzteres, das Grinsen. Das ist auch gut so, denn die berühmte, in der Industrieproduktion anvisierte und ebenfalls nicht immer erreichte, Nullfehler-Qualität (siehe Kraftfahrzeuge) wird es auch Bord nur selten geben. Das Ziel und der Wille sie zu erreichen, muss natürlich vorhanden sein, aber ob es wirklich immer klappt, bleibt die Frage. Gut ist natürlich, wenn es Fehlerchen ohne böse Folgen bleiben. Und besonders schön ist es, wenn man sie auch zugeben kann. Letzteres vermisse ich leider sehr oft. Leider.

Also, was habt ihr uns zu berichten, ihr beiden Bordnixen?

Ja, das war ganz einfach. Wir waren zu viert mit einer 24-er im Ionischen Meer unterwegs von Korfu Kurs Süd. Heutiges Ziel war Syvota und der Plan, früh loslegen und möglichst vor Nachmittag ankommen, da am Spätnachmittag laufend sehr große Gewittergefahr herrschte. Und Gewitter mg mein Käpt´n überhaupt nicht, da er durch mehrere Blitzkontakte beim Klettern in den Bergen mit diesem Element alles andere als freundschaftliche Beziehungen pflegt. Anders ausgedrückt, er hasst Gewitter, vermutlich weil er auch genau Bescheid weiß, welche Folgen ein Einschlag oder ein Eintauchen in eine Gewitterzone haben kann.

Wir waren auch gut im Zeitfenster, hätte uns Rasmus nicht vergessen. Vermutlich hat er auf seinen Ouzoschluck gewartet, den er heute nicht erhalten hat. Komische Type. Also, wir befinden uns bei der Querung der Hafeneinfahrt von Igoumenitsa als uns gerade eine Schnellfähre verschonte. Was jetzt, es knallt laut. Seeräuber, Bombe, Seemine, Torpedo? Nein nichts davon.

Aus dem Auspuff schießt schwarzer Qualm. Es kommt Leben in Kapitän und Mannschaft. Käpt´n schließt den Benzinhahn und stoppt den Motor. Die Crew, also Renate und ich, springen auf. Feuerlöscher aus der Kabine holen, Finger am Abzug wie bei einem Piratenüberfall, bereit den gesamten Kahn gnadenlos einzupulvern. Poseidon, danke, dass du das verhindert hast.

Käpt´n und „Bordingenieur" Georg stürzen in die Kabine und öffnen die Motorklappe und erkennen die Ursache. Impeller zerlegt, vermutlich durch eine Plastiktüte am Ansaugventil. Müll schwimmt hier ja ohnehin genug herum. Also, nicht verwunderlich. Aber muss das ausgerechnet heute und genau hier passieren wo es zugeht wie auf einer Autobahn?

Ich notiere unsere Position im Logbuch und dann ziehen Renate und ich einen schwarzen Ball am Mast hoch. Wir glauben das Signalzeichen für „manövrierunfähig" gesetzt zu haben, denn wir liegen natürlich mitten im Fahrwasser von Igoumenitsa. Und das auch noch mit so einem Zwergenschiffchen, das am Radar eines Frachters vermutlich nur als winziger weißer Punkt auftaucht. Nicht, dass uns die mit einer Frühstückbox verwechseln. Grauenvolle Vorstellung.

Renate und ich segeln ganz langsam aus dem Fahrwasser. Wind weht kaum, dafür türmen sich aber langsam Gewitterwolken auf .und FrachterMonster und Schnellfähren fahren nicht allzu weit bei uns vorbei. Vermutlich halten uns die Kapitäne ohnehin für leicht verrückt, denn auf dieser stattlichen Wassertiefe mit einer kleinen Plastikschüssel zu ankern kann wohl nicht funktionieren.

Impeller ist ersetzt, Start, läuft, Kühlwasser blubbert wieder, Dichtung leckt. Egal, bis nach Syvota geht das schon. Ich fange das Wasser mit einem großen Joghurtbecher auf, Renate entleert und so geht´s weiter. In Syvota bastelt Georg mit einer Nagelschere aus Dichtungsmaterial eine passende Dichtung.

Erster Blitz, erster Donner, alles gut, wir liegen. Das Gewitter kann uns mal.

Warum, schaut unser Stegnachbar so blöd und starrt immerzu auf unseren wunderschönen schwarzen Ball, den ich natürlich noch nicht herunter gezogen habe. Hatte einfach noch keine Zeit.

Wollt ihr hier ankern?, fragt er. Nein, wir waren manövrierunfähig. Warum fragt der so blöd, frage ich mich. Sein breites Grinsen machte mich stutzig und dann funkte es im Hirn – ein Ball = ankern, zwei Bälle = manövrierunfähig. Oh, nein und das muss mir passieren. Nichts ist offenbar unmöglich.

Ein, zwei, drei Ouzo mit unserem Nachbarn Jorgo und die Segelwelt war wieder in Ordnung. Und schon hatte er eine Story von sich bereit.

Aber eines werde ich nie vergessen, nämlich das griechische Wort für Auberginensalat „mälidsana salata", den ich Renate kurz vor dem Malheur erklärte. Es ist bis heute im Gehirn gespeichert. Übrigens, der zweite Ball ebenfalls.

Und hier ist unser Bord-Rezept für den Auberginen Salat

Zutaten
o 3 frische Auberginen
o eine rote Paprikaschote
o eine Scheibe Fetakäse
o glatte Petersilie
o 250 Gramm griechischer Joghurt, am besten 10 % Fett
o eine frische Chilischote
o frischer Knoblauch
o Pfeffer
o Salz
o Saft einer frischen Zitrone

Und so geht´s
Auberginen waschen und rundherum mit einem scharfen Messer einstechen. Dann im Backofen bei 180 Grad backen bis sie weich sind. Kann auch länger dauern, je nach Größe.
Aus dem Ofen nehmen und die Haut abziehen, mit Zitronensaft beträufeln und durch ein Sieb abtropfen lassen.
Auberginen sehr klein hacken, abtropfen lassen (wichtig)
Knoblauch, eher dezent, Paprikaschoten und Chili (Vorsicht!) und Fetakäse fein hacken. Petersilie unterheben.
Das Ganze mit dem Joghurt vermischen, mit Salz und Pfeffer abschmecken. „Kali orexi".

Ankerkette immer gut sichern
sonst ist sie weg

Hauptdarsteller   ▶ Josef alias Jorgo
Erzählt von   ▶ Jorgo

Jorgo, wir hatten ihn ja gerade in Syvota kennen gelernt und mein absolut falsches Signalzeichen „Ankerball" statt zwei Bälle für „Manövrierunfähigkeit" spornte ihn an, gleich mal eine Story aus der eigenen Erlebniskiste heraus zu kramen. Jorgo, der ja eigentlich Josef heißt, ist einer der typischen Langzeitsegler, die man in Griechenland sehr häufig trifft. Jorgo, ein typisch griechischer Vorname, hat ihm ein griechischer Freund, der eine kleine Taverne betreibt, verpasst. Jorgos Schiff ist ein wirklich älteres Modell wie auch Jorgo, aber beide sind topfit. Es ist eine klassische Hallberg—Rassy mit 45 Fuß. Jorgo haust alleine darauf, zugegeben manchmal mit angenehmer Begleitung. So auch heute. Also, Jorgo, erzähl uns was.

Es ist keine lange Geschichte, aber vielleicht auch ein Tipp für euch, meinte er. Jorgo brauchte vor einiger Zeit eine neue Ankerkette für seine Yacht. Da Ankerketten mit 10 mm Durchmesser und 60 Meter Länge nicht gerade zu den Leichtgewichten gehören, hat er sein Schiff in eine Werft gesteuert, wo man die neue Kette eingezogen hat. War wirklich Zeit, die alte Kette wäre sicher irgendwann gerissen.

Alles gut, auf zu neuen Ankergründen. Jorgo steuerte eine eher unbekanntere Bucht auf Paxi an und begann seinen Anker mit der neuen Kette auf 18 Meter Wassertiefe auf den Grund zu schicken. Platz genug, keine andere Yacht weit und breit, also hinaus damit. Dreifache

Kettenlänge ist ohnehin das Mindeste. Jorgo bediente seine Ankerwinsch vom Steuerstand aus.

Hey, was ist los, Kette, wo bist du? Ich liege am Grund, scheint sie zu rufen. Du Schlamper hast vergessen mich mit einer Leine zu sichern. Das hast du nun davon.

Schei...kam es aus seinem Innersten, er überlegte aber nicht lange, der Schuldige kann nachher gefunden werden. Heckanker mit ausreichend Leine nach unten und fixieren. Tauchutensilien klar machen, lästig, und nicht lange fackeln. 18 Meter sind nicht so tragisch, aber auch nicht ganz locker, meinte Jorgo. Er fixierte das Kettenende mit einer Sorgleine und nach rund 30 Minuten war die verlorene Tochter, Ketten sind weiblich, also kein verlorener Sohn, im Ankerkasten fixiert.

Und wer ist schuld? Na ja, zunächst einmal der Mechaniker der Werft. Oder doch nicht? Es ist natürlich auch Aufgabe eines Skippers die Technik zu kontrollieren und sich nicht unbedingt auf derartige Dinge blind zu verlassen.

Zugegeben, man kann ja nicht alles kontrollieren was Mechaniker oder Elektriker reparieren – vor allem letztere. Aber, was möglich ist, und eine Ankerkette ist kein Hexenwerk, das muss man kontrollieren. Das meinte auch Josef, sorry Jorgo.

Übrigens, derartige Sicherungsleinen müssen eine relativ hohe Bruchlast haben und dürfen keine ausrangierten Leinenreste sein. Außerdem verrotten sie im Ankerkasten durch laufende Salzwasserberührung und zu wenig Luft relativ schnell. Also, immer kontrollieren und regelmäßig wechseln. Kostet fast nicht im Vergleich zu einer Kette mit Anker.

Verkabelter Anker
zum Glück ohne Strom

Hauptdarstellerin	▶ Jessica
Erzählt von	▶ Jessica

Dass man so manche Kuriositäten schon mal am Haken hatte, ist nicht unbedingt so ungewöhnlich. Seegras und Schlick, der oft schon betonartige Konsistenz annimmt, kommt oft genug vor. Die Kette eines anderen Schiffes kann ebenfalls vorkommen, sollte aber auf jeden Fall vermieden werden. Mein letzter großer Fang war unangenehm aber nicht gefährlich. Es war eine ziemlich große Fischreuße mit zwei stattlichen Exemplaren als Inhalt. Erstens hätte ich nicht gewusst, was ich damit anfangen sollte, zweitens wäre es Diebstahl, denn dieses Gerät gehörte natürlich einem Fischer. Es handelte sich um zwei ansehnliche Lobster. Ich versuchte möglichst schnell und unkompliziert die Gitterbox loszuwerden, um sie wieder auf den Grund zu schicken. Gar nicht einfach, wenn sich mein spitzer Kobraanker so richtig reingekrallt hat. Die Hilfe nahte sehr schnell, der Fischer kam mit seinem Kahn und erledigte das Ganze sehr schnell. Natürlich erkennte er sofort, dass sich keine Schwarzfischer-Absicht dahinter verbarg und wir wechselten freundliche Worte. Ich konnte mich nicht einmal dafür entschuldigen, da ich mir keiner Schuld bewusst war, was auch stimmte. Es handelte sich um eine ankerbare Bucht ohne Ankerverbot oder sonstigen Hinweis. Kommt vor. Und jetzt die Überraschung – der Fischer griff in seinen Eimer und schenkte uns zwei stattliche Streifenbrassen. Ich übergab ihm im Gegenzug eine Flasche Bier aus einer einheimischen Familienbrauerei. Wir ankerten im selben Jahr noch einmal in der Bucht und trafen ihn natürlich wieder beim abendlichen Auslegen seines Netzes. Es war ein freundschaftliches Wiedersehen. So muss es sein.

Aber, jetzt lasse ich einmal Jessica von ihrem Fang berichten. Getroffen habe ich sie bei einem Eiskaffee an der Uferpromenade in Cavtat mit Blick auf das relativ gut verschmutzte Hafenbecken. Und genau dort bemühte sich ein Ankerer am Zollkai, offenbar momentan erfolglos, sein Eisen hochzuheben. Er war offensichtlich mit dem Ausklarieren nach Montenegro fertig und sein Anker hing ebenso offensichtlich in irgendetwas Undefinierbaren am Grund. Nach mehrmaligen Versuchen zeigte sich dann der Erfolg, der Anker war frei, was es war wird ein Geheimnis des Meeres bleiben.

Also gut, ich war mit Sören, mein Mann für alle Fälle, unterwegs von Venedig nach Montenegro und wir segelten gerade zwischen den Inseln Hvar und Brac nach Süden. Warum „Mann für alle Fälle"? Na ja, er hat mehrere Funktionen – u.a. halber Steuermann, Bordtechniker, Toilettenspezialist, Mülltaucher wenn wieder einmal Dreck in der Schraube ist und Ehmann. Es war Mai und da herrschte im Allgemeinen noch relative Ruhe in diesem Bereich, also entschlossen wir uns im Bereich des bekannten „Goldenen Horns" eine kleine Ankerpause einzulegen. Es widerspricht im Prinzip völlig unserer Grundeinstellung, solche Brennpunkte zu besuchen, aber wenn man schon mal da ist und nichts los ist, dann überkommt einen doch die Versuchung. Und ist ja auch kein Verbrechen, ist ja nicht verboten. Wir ankerten auf rund 15 Meter Wassertiefe in guter Entfernung von diesem wandernden Sandhaufen. Ein durchaus schöner Fleck, der in der Saison, so wurde es uns berichtet, von Massen heimgesucht wird. Kein Wunder, dass sich dieser Sandhaufen dreht und windet, laufend seine Position verändert, um diese Massen abzuschütteln. Keine Chance, liebe Natur, die Massen sind stärker. Und dazu der permanente Angriff von See aus durch hunderte oder vielleicht sogar tausende Yachten, die um jeden Zentimeter Ankergrund kämpfen.

Gut, wir beschlossen nach ungefähr einer Stunde weiterzusegeln, wir wollen ja hier nicht festwachsen und außerdem frischte der Wind gerade ganz gut auf. Nordwest, so wie es sich gehört, mit rund 4- 5 bft., Die Windstärke kann hier schnell höher werden, da dieser Kanal wie eine Düse wirkt. Wir sind im Spätherbst vor einigen Jahren einmal bei 6 bft.. dagegen gekreuzt, wir betitelten diese Stunden als Arbeitskampf und waren heilfroh, als wir endlich in eine geschützte Bucht auf der Nordseite von Hvar eine ruhige Boje anlaufen konnten.

Also, 4-5 bft.. von Achtern, Großsegel ist einmal gerefft, Genua ebenfalls etwas. Müsste also abgehen wie die Posts, tut es aber nicht. Unser Schiff bewegt sich eher gemütlich mit geradezu 5 Knoten, das ist doch nichts, noch dazu mit ansehnlicher Welle von Achtern. Sören äußerte eine böse Vermutung, vielleicht ein Netz am Kiel?

Bitte, nicht schon wieder, das hatten wir erst im vergangenen Jahr bei der Überfahrt von Ancona nach Vis. Er geht zum Bug und schaut über die Reling. An unserem Anker hängt ein schätzungsweise sechs Meter langes dickes rostiges Metallkabel. Dieses Souvenir von der Insel Brac ziehen wir wohl schon länger hinter uns her. Traumhaft!

Sören reagiert sofort, holt den Eisenschneider und kappt das Kabel. Es verabschiedet sich mit Volldampf nach hinten. Zum Glück war es schon ziemlich marode. Offenbar handelte es sich um ein uraltes Seekabel, das am Grund herumtümpelte und ich habe wohl beim Ankerholen geschlafen oder hat die Sonne mich geblendet?

Nach kurzem kräftigem Wortwechsel zwischen dem Bordtechniker und mir herrscht fünf Minuten völlige Ruhe an Bord. Wir laufen eine kleine bucht an der Küste von Brac an und mein Taucher sieht sich die Bescherung von der Nähe aus an. Das ganze Manöver ging noch glimpflich ab. Am Rumpf sind nur ein paar kleine Kratzer und an Sörens Rippen einige blaugrüne Erinnerungsstreifen vom Bugkorb. Mein Bordtechniker öffnet seine Ersatzteilschatztruhe und versorgt die Kratzer zunächst mit einer Einkomponenten Gelcoatpaste. Kurz etwas Polieren und die Untat ist zumindest technisch versorgt.

Ab diesem Abend ändern wir die Aufgaben. Ich übernehme beim Ankermanöver das Ankerlegen und Sören holt das Eisen nach oben, während ich die Maschine bediene. Ehrlich gesagt, mache ich ohnehin lieber, da sich die 10 mm dicke Kette oft nicht so in den Ankerkasten bettet, wie ich das gerne gehabt hätte. Was so ein altes Seekabel nicht doch für auch etwas gut ist.

Wir blieben die Jahre danach zum Glück vor Seekabeln, historischen Wrackteilen, Fischernetzen und anderem Beutegut verschont und hoffen, dass dieses Glück auf weiterhin anhält.

„Seglerleben ist eben manchmal hart," denke ich, wage es aber nicht auszusprechen.

Wir sind das Dream-Team
You should see us sailing first
Vier Schotten mit Selbstironie

Hauptdarsteller ▶ **Schottisches Dream-Quartett**
Erlebt und erzählt von ▶ **Gerhard**

Ja, so etwas gibt es tatsächlich noch, dass Skipper und Crew selbst über ihre teilweise chaotischen Manöver lachen können und diese auch noch zugeben. Würde so manchem oder mancher gut tun, wenn er oder sie das auch könnte.

Also, was ist passiert? Wir waren gerade unterwegs zu einem spätherbstlichen Abschlusstörn auf der kroatischen Adria mit mäßigem Wetter. Kurze Schönwetterperioden wurden laufend durch Starkwindprognosen unterbrochen. Der Seewetterbericht DHMZ prognostizierte für den nächsten Abend starke Bora mit bis zu 55 Knoten, also gingen wir auf die Suche nach einem sichern Schlupfloch. Wir waren gerade auf dem Weg von Vela Luka auf Korcula mit wunderem Südost und entschlossen uns, die kommenden drei Tage im Hafen von Stomorska auf Solta zu verbringen. Dieser Stadthafen ist bei Nordost sicher und außerdem können wir unsere Aktivität „Segeln und Wandern" dort sehr gut kombinieren.

Es gab genug freie Liegeplätze, was in der Hauptsaison meistens nicht der Fall ist. Im Spätherbst entspannt sich der Rummel aber und es geht ruhiger zu. Zum Glück. Nach und nach kamen doch noch einige Yachten in den Hafen, einige davon sicher aus demselben Grund wie wir, vermuteten wir. So langsam füllte sich die

Pier dann doch, einige Plätze waren aber noch frei und einer davon genau neben uns.

Und, da kamen sie. Eine 45er mit dem Namen „Dream II" lief ein. Es zeichnete sich bereits beim Einlaufen ab, dass jetzt die Ruhe vorbei zu sein scheint. Erst vorwärts, dann auf engstem Raum rückwärts, Fender an der Bordwand Fehlanzeige, Heckleinen Fehlanzeige. Und der überaus freundliche und auch kompetente Hafenkapitän machte ausgerechnet die Muring neben uns für das Traumschiff bereit.

Es wird Zeit von Bord zu gehen, meldete das eigene Gehirn an den Körper. Wird befolgt, also runter und an die Pier, um eventuell doch vorhandene Festmacher leinen in Empfang zu nehmen. Inzwischen mäßiger Seitenwind, aber nicht dramatisch. Das Traumschiff näherte sich als wollte es die Pier zertrümmern oder mit dem Heck an Land landen. Der Hafenmeister gestikulierte und deutete auf langsamere Fahrt hin, was den Skipper zum Einlegen des Hebels auf Vorwärtsfahrt veranlasste. Ob dabei einige Schrauben des Getriebes im Motorraum herumflogen, ist nicht bekannt. Nun begann sich das Traumschiff endlich unserer Muring zu nähern und da wir nur eine hatten, half nur ein stilles Gebet zu allen Göttern der Meere. Es half, er verzichtete freundlicherweise auf das Durchsägen der Muring. Thank you very much, we are so happy.

Dream II nahm nochmal beherzten Anlauf Kurs Pier. Zum Glück ist Stein härter als GFK. John 1, ich nenne ihn einfach mal so, katapultierte einen dicken Knoten Richtung Kopf des Hafenmeisters, es war die Luv-Heckleine, also genau die falsche. Egal, der Knoten flog ohnehin ins Wasser. Zweiter Flugversuch, Lee-Heckleine. Sie landete ebenfalls im Wasser, konnte aber von mir herausgefischt und dem Hafenkapitän übergeben werden. Dann flog der andere Knoten erneut Richtung Land, erreichte es sogar. Der Hafenmeister hatte alle Hände damit zu tun, John 2 zu erklären wie er die Muring fischen soll. In der Zwischenzeit entknotete ich das Knäuel und delegierte alles Weitere an den Hafenkapitän. John 2 wunderte sich offenbar über das Seil, sorry die Muring, die immer länger wurde und aus den Tiefen des Hafenbeckens auftauchte. So, jetzt habe ich dich endlich, wird er sich gedacht haben, und legte das Fundstück einfach mal auf die Klampe. Richtig, nicht über die Klampe, nicht fixiert, nein, auf die Klampe. Deutliche Worte des Hafenmeisters verwirrten John 2 nur und jetzt eile John 3, der Skipper, nach vorne und belegte endlich die Klampe. Geschafft.

Aber, wo ist John 4, ist er ins Wasser gesprungen? Wo ist er geblieben? John 4 tauchte plötzlich aus dem Inneren des Traumschiffes auf, bewaffnet mit vier Fendern, die er jetzt fürsorglich paarweise an den Bordwänden platzierte. Auf unsere Frage, ob er nicht vielleicht doch zwei davon hätte, da wohl in der Nacht etwas mehr Wind kommen würde, kam seine absolut freundliche Frage: „Wy, the other two are totally new and too good to be used." Alles klar, wir haben verstanden. Hier half nur noch eine direkte Kommunikation mit John 3, dem Skipper des Dream-Teams und schon war das Triple an jeder Seite komplett. Na, geht doch.

„Hello an good afternoon dear neighbors, have a drink with us." „Happy and what do you have?", unsere Frage. „Real Scottish Whiskey." Na, dann Prost. „Would you take a picture of us?", die Frage von John 4. „of course", unsere Antwort.

Also platzierte sich die glorreichen Vier, zusammen geschätzte 300 + x Jahre am Heck, während ich versuchte den Auslöser auf dem Smartphone zu finden. Das Modell passte haargenau zur Summe der Jahre. Egal, es funktionierte dann doch.

Nun meldete sich Elke zu Wort: „Also, eure Anlegekünste sind ja nicht gerade Olympiareif, da solltet ihr schon noch etwas trainieren, um die vorderen Plätze zu belegen." Eine Frau darf so etwas sagen, auch wenn die Kommunikationsempfänger vier absolut stahlharte Seebären sind.

„That's right, but you should see us sailing first, you would feel very good about the mooring. We are the Dream-Team from Scotland." Na dann, „Cheers".

Wir hatten die nächsten zwei Tage noch eine Menge Spaß mit den vier Dream-Boys. Wie hoch ihre bisherige Crashquote war weiß ich nicht und es ist auch nicht überaus lustig, wenn man Angst haben muss, die eigene Yacht durch fehlendes Können anderer beschädigt wird. Aber eines war bei diesem Quartett erfrischend, nämlich ihre Selbsterkenntnis, gepaart mit einem Schuss Ironie. Trotzdem sei ihnen ein paar Trainingseinheiten dringend empfohlen.

Ja, die liebe Seglersprache
„Nein, ein Reh haben wir nicht an Bord"

Hauptdarsteller	▶ Franz
Erzählt von	▶ Gerhard

Nun, dass ich nicht gerade ein erklärter Fan dieser zackigen verbalen Bordkommunikation bin, wissen alle, die mich kennen. Ich stehe auch dazu, denn wo steht denn geschrieben, dass ich Befehle zu erteilen habe wie auf einer Fregatte. Manchmal frage ich mich, wozu denn eigentlich Steuerbord und Backbord? Rechts und Links sind viel deutlicher und versteht auch jemand, der als Gast auf dem Schiff ist und nichts mit der Seefahrt am Hut hat. Und, na ja, verbindlich eingeführt wurde das Ganze in Deutschland ja erst 1903 bei der Handelsmarine nach langem Streit durch eine Anordnung des damaligen Kaisers. Im Englischen heißt die linke Seite, also die Backbordseite, ohnehin nur „port", die rechte Seite, also Steuerbord, aber „starebaord", also auch Steuerbord.

Gut, so oder so, auf dem eigenen Schiff steht ja wohl Jedem Skipper oder Jeder Skipperin frei, wie er oder sie die Kommandos gibt. Wichtig ist ja nur, man muss sich eben verstehen und wissen was er oder sie sagen will. Es hilft wenig, wenn vorne am Bug „Muring klar" ertönt, das Ganze durch drei andere Crewmitglieder dreimal schallend wiederholt wird und die Muring dann doch zu spät gelöst wird, zu langsam sinkt und sich letztlich liebevoll um den Propeller wickelt als wollte sie ihn für immer gefangen halten. Klare und eindeutige Anweisungen des Skippers ins unbedingt notwendig und die Voraussetzung für einen reibungslosen Ablauf der Manöver. Deswegen müssen sie aber nicht einem Standardisierungskatalog folgen und gebrüllt werden.

In einer Unterhaltung mit Franz und Astrid, zwei sehr gute Freunde von uns aus der Steiermark, kamen wir natürlich auch wieder einmal auf dieses Thema und ich sagte, bei uns an Bord gibt es diese zackigen Kommandos nicht, wir, das sind in der Regel nur wir zu zweit, Elke und ich, verstehen uns schon durch Blickkontakt. Allenfalls ist bei der Wende für den letzten Moment noch eine kurzes „los" notwendig, um das Manöver zu Ende zu bringen. Anders ausgedrückt, der gesuchte Begriff aus dem Kreuzworträtsel, „Befehl bei der Wende auf einem Segelschiff mit zwei Buchstaben" den ich schon als Kind kennenlernen durfte ist nicht in meinem maritimen Vokabular enthalten.

Bei unseren kleinen Lästereien lüftete dann auch Franz seine Geheimnisbox und meinte: „Also, a Reh ham wir a ned an Bord, daher heißt´s bei uns a ned <re> sondern Hirsch. Und funktioniert wunderbar."

Ich habe natürlich diesen Spezialausdruck sofort in die private Befehlsliste übernommen. Zugegeben, für einen der verschiedenen Scheine oder ein Kapitänspatent wäre es sicher der totale Durchfaller. Oder der gestrenge Prüfer wäre so verdattert, dass er mit Note „sehr gut" bewerten würde, bevor er googeln könnte.

Vertrauen ist gut, Kontrolle ist besser
zu viel davon kann aber auch ganz schön nerven

Hauptdarsteller ▶ **Christof**
Erzählt von ▶ **Gerhard**

Vier Augen sehen mehr als zwei, lieber einmal mehr als einmal zu wenig kontrolliert und noch andere Kontrollfloskeln sind ja nicht so ganz falsch. Man muss nur wissen bei wem man sie auch anwendet. Und wenn Herr oder Frau Skipper*in meint, dass er oder sie jeden Fenderknoten kontrollieren und nacharbeiten muss, dann hat er oder sie das Crewmitglied nicht ausreichend eingewiesen oder er oder sie ist eben so eine Art Kontrollmonster, das keinem oder keiner vertraut und meint alles kontrollieren zu müssen. Gegen diese Krankheit hilft nur ein Mittel – alles selber und ganz alleine machen. Ob das aber wirklich funktioniert, daran bestehen berechtigte Zweifel.

Wenn mir so etwas wiederfahren würde, ich würde das Schiff bei nächster Gelegenheit fluchtartig verlassen, auf meinen Anteil an der Bordkasse verzichten und nie mehr darauf zurückkehren. Nichts wie weg.

Wir lagen nach der Überfahrt von Otranto in Italien in der Marina Gouvia in Korfu und entspannten uns in einem Kafenion. „He, ist bei euch Platz?", es war offenbar ein Pärchen von einer Segelyacht in der Nähe unseres Liegeplatzes. „Aber klar", unsere Antwort. Nach kurzer Plauderei, was man so alles macht, woher man kommt und wohin man will usw. usw. stellte sich heraus, dass sie als Gastcrew auf einer Segelyacht nach Griechenland unterwegs waren. Allerdings nur für die Strecke von Venedig bis ins Ionische Meer. Eigentlich wurden sie gebeten mitzufahren, da eben zu viert alles etwas einfacher ist als zu zweit. Stimmt ohne Zweifel. Wenn eben alles passt.

Also, Christof ist ein alter Hase mit eigenem Boot und mit seiner Lebensgefährtin Lisa viel unterwegs. Anders ausgedrückt, er kennt sich aus.

Und nun sein Problem. Er musste es einfach loswerden, sonst wäre er vermutlich nur noch im Schlepptau hinterher geschwommen. „Alles was ich mache wird kontrolliert - jeder Knoten, egal welcher, jede Leine, das Dinghi ob es auch richtig festgezurrt ist, die Fender, ob sie auch richtig angebracht sind, jedes Schapp, ob es auch richtig verschlossen ist usw. usw. usw. Fehlt nur noch, dass die Toilette nach dem Gebrauch kontrolliert wird."

Also, er hatte die Schnauze gestrichen voll, wollte aber keine Diskussion an Bord provozieren. Und so waren wir das natürliche und absolut notwendige Ventil, um den Dampf gehörig abzulassen. Und das war gut so, denn sie hatten noch fünf gemeinsame Tage vor sich, bevor sie zurück nach Deutschland flogen.

Es ist irgendwie lustig, aber wir trafen sie noch einmal und zwar genau am Ende ihrer Gastreise. Christof ist Ureinwohner des „Bayrischen Königsreichs", sorry Freistaat natürlich. Und so hatte er für den Abschied und das Auschecken die Zeremonie des Flaggeneinholens, natürlich der bayrischen Flagge, vorbereitet. Aber damit nicht genug, denn dieser Vorgang wurde durch den bayrischen Defiliermarsch stilgerecht musikalische begleitet. Was fehlte war nur bayrisches Bier, es wurde aber durch Ouzo ersetzt.

Seine letzten Worte: „Jetzt weiß ich, dass ich nie mehr mehr als einen Tag auf einem Schiff als Gast mitfahren werde." Ich kann es voll und ganz nachfühlen.

Ein Fisch mit Brille
etwas zu viel Aktivität kann auch schief gehen

Hauptdarsteller	► **Rosi und Felix**
Erzählt von	► **Rosi**

Nun, was soll man denn an Bord machen als Gast, sorry oder „Gästin"? Zu wenig Aktivität kann schnell als Desinteresse oder gar Faulheit ausgelegt werden, zu viel dagegen als Hyperaktivität. Schließlich will man sich ja nützlich machen. Wenn beim Anlegemanöver Crewmitglieder, egal ob männlich oder weiblich, tatenlos im Cockpit herumsitzen und zu nichts zu bewegen sind, ihren Antistressruhemodus zu beenden, um vielleicht doch die Fender zu legen, kann das schon ganz schön nervig sein. Andererseits bedeutet es kaum einen Zuwachs an Qualität, wenn beim Ankermanöver oder beim wiederholten Versuch die verflixte Boje nun endlich zu fischen, vier Personen herumfummeln. Eindeutig zu viel, gegenseitige Behinderung ist vorprogrammiert. Also, gar nicht so einfach – oder doch? Absolut, denn der Skipper oder die Skipperin ist hier gefragt, die Angelegenheit zu ordnen. Man muss es nur machen. (Gerhard)

Rosi erzählt uns hier ihr Erlebnis.

Wir, mein Mann Felix und ich, waren zwei Wochen Gast auf einem Törn in der kroatischen Adria mit einer Segelyacht von unseren Freunden. Es war nicht das erste Mal und eigentlich wussten wir schon, was wir zu tun hatten. Aber das letzte Wort sprachen natürlich unsere Freunde, ein Pärchen mit langjähriger Segelerfahrung auf ihrem eigenen Boot. Felix entwickelte allerdings eine besondere und sehr individuelle Technik beim Bedienen der Winschen. Statt die Kurbel im Knien oder Stehen zu bedienen, erledigte er das Ganze im Sitzen. Nachdem es wetterbedingt kein wirkliches Problem gab, war das den Beiden auch egal – sonst hätten sie schon interveniert. Denn die Geschwindigkeit dieses Vorgangs war nicht unbedingt auf dem notwendigen Höchststand.

Für die Nachtruhe besuchten die Beiden eine wunderschöne Bojen-Bucht auf der Insel Silba. Das Manöver verlief absolut professionell und problemlos. Die Beiden sind ein total eingespieltes Team, sind sie doch bis auf wenige Ausnahmen, immer zu zweit unterwegs. Die Boje wird bis auf den Zentimeter genau angefahren, geangelt, hochgezogen, Leine durch die Öse und an der Klampe fixiert. Kein Getöse, kein Gezerre. Alles absolut entspannt. Natürlich ist es gut, wenn vorne eine zweite helfende Hand bereit ist, um die Bojenleine schnell zu greifen und zu fixieren. Denn auch ein erfahrenes Crewmitglied ist keine Krake und hat nur zwei Hände. Also, hier waren wir, das heißt Felix, im Einsatz.

Eine tolle Bucht, ein toller Abend, eine tolle ruhige Nacht mit tollem Sonnenuntergang und Mondaufgang und ein toller Morgen mit einem tollen Sonnenaufgang. Seglerherz was willst du mehr!

Unsere beiden Freunde erledigten die üblichen Dinge an Bord. Wetterbericht hören, im Logbuch notieren, zweiten Wetterbericht zur Kontrolle und zum Vergleich prüfen, Navigationswarnungen abhören und die Route für diesen Tag planen. Das machen die immer so, weil bei ihnen ein eigenes Gesetz gilt, wer bei ihnen an Bord als Gast dabei ist, richtet sich nach ihren Entscheidungen für die Ziele. Und das ist auch gut so, denn das Wort „Risiko" ist bei ihnen ein Fremdwort. Und was nicht geht, das geht eben nicht. Basta! Ich finde das total super, denn ein Ziel um jeden Preis anzusteuern, kann nicht im Sinne des Fahrten segelns sein – und das sind die Beiden, Fahrtensegler.

Also, Entspannung. Felix schmökerte etwas in irgendeinem Buch herum und ich sortierte so manches und jenes – das ist halt so bei mir. Ich muss irgendwie immer etwas machen, wenn ich meine, dass es eben zu machen ist. Also beschloss ich, die Kissen aus der Kabine zu holen und diese zu lüften. Ist ja auch nicht unbedingt falsch, war aber auch nicht unbedingt nötig.

Also ergriff ich das erste Kissen an den beiden Ecken und begann es am Heck kraftvoll, zugegeben vielleicht etwas zu kraftvoll, auszuschütteln. Irgendwie hatte das Kissen offenbar etwas dagegen, dass ich seinen Morgenschlaf gestört habe und es verabschiedete sich mit einem freien Flug in das Wasser.

Meinen Schrei, dass es doch hier bleiben solle, ignorierte dieses blöde Ding einfach und dümpelte gemütlich im Salzwasser, jeden Moment bereit abzutauchen.

Felix, aufgeschreckt von meinem Schrei, erwachte aus seinem Lektüremodus, erkannte die akute Rettungsnot wendigkeit und jumpte mit geübtem Hechtsprung zu dem bereits leicht abgetauchten Objekt, ergriff es und rettete es professionell. Die Wiederbelebung war schwierig, weil der Inhalt, Federn, vom Trockenheitszustand weit entfernt waren.

Felix ging in den Trocknungsmodus über und beschloss die angefangene Lektüre zu Ende zu lesen. „Rosi, wo ist meine Brille?" „Ich habe sie nicht", war meine Antwort. Die bittere Befürchtung wurde bittere Erkenntnis, seine absolut neue und nicht gerade Schnäppchenbrille wurde anstatt meines Kissens dem Meer übergeben.

Den anschließenden kurzen Dialog werde ich hier nicht wiedergeben.

Unsere Beiden griffen ganz schnell zu einer Flüssigkeit mit Beruhigungswirkung und alles war wieder gut.

Welcher Fisch nun die schöne neue Brille trägt, weiß ich natürlich nicht. Aber sollte er irgendwann vielleicht einmal in einen Angelhaken beißen, dann wird sich der Fischer jedenfalls kräftig wundern. Dorade, Seehecht oder Wolfsbarsch mit Brille – das gab es noch nie. Vielleicht rettet es dem braven Fisch das Leben, indem er als vermeintlich unbekanntes Wesen wieder in die Freiheit entlassen wird. Wer weiß?

Nun, ich werde nie mehr Kissen ausschütteln, wenn irgendwo ein Wasser in der Nähe ist. Und mein Felix wird auch nie wieder hinterher springen, egal was ich versenke.

Das fliegende Beiboot
ein Windstoß und seine Folgen

Hauptdarsteller	▶ Karina und Jean
Erzählt von	▶ Karina

Fliegende Teppiche soll es ja geben und dass ein Beiboot durch eine plötzlich auftretende Bö Flugeigenschaften entwickeln kann ist ja auch bekannt. Diese sportliche Verselbstständigung ist jedoch nur möglich wenn es nicht so richtig „an der Leine" ist. Und, so sollte man doch darüber nachdenken, ob es nicht doch besser ist, diesen Gummischlauch, der ja auch ein Sicherheitsrelevantes Teil an Bord ist, in die Schranken zu weisen. Ich habe Karina und Jean, ein deutsch-französisches Paar, in der Hafenbucht von Otranto an der südlichen italienischen Küste getroffen und wie es eben so ist, kommt man bei einem Glas oder mehreren Gläsern Primitivo Puglia auf so manches Thema. So auch auf das fliegende Beiboot. Die Beiden sind mit einer 37 Fuß Jeanneau unterwegs und waren gerade auf dem Weg in die Ägäis. Hier ihre Story.

Jean und ich waren auf dem Weg von Sardinien nach Sizilien, genauer gesagt zu den Liparischen Inseln. Das Wetter war nicht gerade vom Allerfeinsten, aber es war aufzuhalten. Relativ hoher Seegang, Nordwestwind mit 6-7 bft.. Und leicht gewittrig. Wir machten ordentlich Fahrt und erreichten am frühen Abend eine wunderschöne Ankerbucht bei Vulcano auf den Liparischen Inseln. Kein Grund zur Unruhe, die dunklen Wolken von Westen begleiteten uns schon fast den ganzen Tag, von Gewitter nichts zu sehen und war auch nicht als Warnung gemeldet. Entspannung nach doch rund 65 Seemeilen. Ich restaurierte meinen Kopf – Haare waschen, etwas in Form bringen, Gesicht eincremen usw. Das Beiboot wartete schon auf seinen Einsatz, da wir am Abend zu einem Landgang aufbrechen wollten, und tümpelte gemütlich an einer Leine am Heck. Jean war mit seiner Lieblingsarbeit beschäftigt, der Sanierung der Bordtoilette. Es war einfach wieder einmal so weit, ein Rohr war ziemlich dicht und musste ausgebaut werden, um es zu reinigen. Für jede oder jeden, der diesem Hobby nachgehen muss, ein wahrer Genuss. Weniger der unvermeidliche parfümartige Geruch und der Inhalt, der freigeklopft werden muss, sondern vielmehr die Zähmung dieser widerspenstigen Schlange. Jean polstert sich jedes Mal seine Arme ab, um sich mit den scharfen Kanten der Verkleidung nicht zu verletzen. Irgendwie sieht er aus wie ein Eishockeyspieler. Ab und zu „spricht" er auch mit dem Rohr – es sich aber keine freundlichen Worte. Ob sich das Rohr dadurch weniger widerspenstig zeigt, bleibt fraglich.

Also gut, ich bin weiter mit meinem Outfit beschäftigt, Jean hängt im Toilettenraum wie ein Frage zeichen. Keiner von uns Beiden bemerkt die plötzliche Wetteränderung, die sich hinter den Bergen der Insel offenbar wie ein Indianer auf Kriegspfad angeschlichen hatte. Dann ging alles ganz schnell. Eine gewaltige Bö von der Seite erwischte unsre „Charisma" so unerwartet, dass sie sich für einen Moment nicht in den Wind drehen konnte und kräftig zu Seite lehnte. Ich dachte schon irgendetwas hätte uns gerammt, vielleicht Nessi Sicilia, ein Wal oder war es ein Vulkanausbruch? Nein, ein urplötzlich auftretende Gewitterfront mit satten Böen, die aber ebenso schnell wieder vorbei waren wie sie kamen.

Jean hatte endlich das Rohr dem Klammergriff des Toilettensystems entrissen und lag damit wie ein Maikäfer am Rücken auf dem Boden. Seinen Dialog lasse ich besser weg.

Was war los? Nichts weiter, eine Monsterbö, urplötzlich und ohne Vorwarnung. Natürlich hätten wir sie vorher bemerkt, wenn wir nicht unter Deck gewesen wären. Dann die Bescherung, unser Beiboot lag mit Kiel nach oben im Wasser. Wäre ja nicht besonders tragisch, wenn nicht der Außenborder bereits montiert gewesen wäre. Nächster Katastropfeneinsatz meines Bordmechanikers. Toilettenrohr wurde zum Randproblem, ein beherzter Sprung ins Wasser, Beiboot umdrehen, her holen, Motor an Bord hieven. Ein Honda-Viertakter. Zeit zum Überlegen blieb nicht, das Ding musste sofort zerlegt werden. Ich holte die Serviceanleitung, Jean begann zu schrauben, jede Handlung erfolgte auf Anweisung von mir und wurde verbal dokumentiert. Ich kam mir vor wie im Film „Das Boot", wo ein ähnlicher Dialog bei einer Reparatur ablief. Um es abzukürzen, wir schafften es den Motor nach rund einer Stunde zum Leben zu erwecken. Er qualmte wie ein Schlot, was an den Mengen wasserab sorbierendem Öl lag, das ihm Jean verabreichte. Trotzdem brachten wir ihn in einer Marina zum Service, was auch wirklich nötig war. Er tut bis heute treu seinen Dienst.

Was war falsch? So richtig eigentlich nichts, denn es gab Wetter bedingt keinen Grund. Aber wir haben daraus gelernt. Nie mehr hängt unser Beiboot an nur einer Leine. Eine vorne und je eine an den Schlauchenden. Und bei jeder Gelegenheit sichern wir so unser Beiboot mit der Breitseite am Heck – auch wenn es offenbar keinen Grund zur Unruhe gibt. Und nie werden wir das Beiboot mit Außenborder hinterher ziehen.

Die Boje, ein Parkplatz ohne Garantie
Bojen in Ufernähe mögen wir nicht mehr

Hauptdarsteller	▶ **Elke und Gerhard**
	Rosemarie und Felice
Erzählt von	▶ **Gerhard**

Zum Abschluss dieser Sammlung von Episoden von lustig über nervig bis riskant, will ich noch ein eigenes Erlebnis beisteuern, das zum Glück gerade noch glimpflich ausging. Mit etwas weniger Glück wäre unsere Segelyacht ein Versicherungsfall der Abteilung Vollkasko geworden.

Unsere Yacht Albatros war gerade mal ein Jahr alt als wir mit Rosemarie und Felice, zwei alten und sehr guten Freunden, zu einem kleinen zweiwöchigen Törn starteten. Als erstes Tagesziel steuerten wir die Bucht Telascica in der kroatischen Adria an und machten dort an einer Boje fest. Wir hatten mit Bojen noch keine schlechten Erfahrungen gemacht, weil wir bis zu diesem Zeitpunkt nur selten an diesen Dingern festgemacht hatten. Dort ging es nicht anders, da die Wassertiefen zum frei Ankern etwas tief sind und man sich durchaus mit rund 18 Metern Wassertiefe anfreunden muss. Außerdem ist das Ankern in der Nähe eines Bojenfeldes ohnehin nicht erlaubt, was ja auch völlig richtig ist.

Es herrschte relativ viel Betrieb, kein Wunder es war Anfang August. Eine der letzten freien Bojen wartete auf uns und wir waren natürlich froh über dieses Geschenk des Tages. Aus damaliger Sicht sogar doppelt froh, denn die Boje lag sehr nahe am Ufer und so war unsere Strecke mit dem Beiboot nicht sehr weit zum Land. Da wir nicht zu den

Cockpithockern gehören, sondern getreu unserem Motto „Segeln und Wandern", immer auf der Suche nach Interessantem an Land sind, mobilisierten wir die leichten Trekkingschuhe und auf ging´s zum Salzsee, zu den Steinmännchen und zu den imposanten Felswänden auf der äußeren Seite der Insel Dugi Otok. Alles bestens!

Der letzte Wetterbericht hatte eigentlich keine beunruhigenden Meldungen im Gepäck, außer der im Sommer ohnehin immer latenten Gefahr von Gewittern. Also ein entspannter Abend, Dinner an Bord und gemütliche Unterhaltung. Der Himmel bewölkte sich gegen 23 Uhr, von Wind keine Spur. Alles ruhig. Aus den Bordlautsprechern im Salon raunzte der blonde Hans Albers von einer CD, die mir Felice als Gag mitbrachte, „auf der Reeperbahn nachts um halbeins..." Diese Bucht hat einen großen Nachteil, man sieht nicht, was sich wettermäßig außerhalb abspielt und so befindet man sich in einer Art Beruhigungsmodus – was eindeutig ein großer Fehler ist. Gegen 23:30 Uhr wanderten wir alle vier so langsam in unsere Kojen. Rund eine Viertelstunde später der erste Blitz, der Donner schlagartig hinterher, dann Starkregen und sehr starke Böen. Nicht ungewöhnlich bei Gewitter. Dann ein Knall.! Ich sprang gewissermaßen blitzartig aus der Koje nach oben, weil ich dachte, eine andere Yacht sei auf uns geknallt. Fehleinschätzung, wir sind mit der Steuerbordseite am Bug und damit am Anker der Nachbaryacht gelandet. „Start your engine, start your engine", die eindringlichen Rufe unseres italienischen Nachbarn, der vermutlich dachte, unsere eigene Bojenleine sei gerissen. Im Nu waren wir alle Vier sehr lebendig, wobei unsere beiden Freunde natürlich nicht wussten, was sie eigentlich machen sollten.

Ich startete die Maschine, Elke spurtete an den Bug und hatte die Boje mit unserer Leine und einem Teil der Bojenbefestigung in der Hand. Es ging mit Vollgas aus dem Bojenfeld raus und alles Weitere lief eigentlich ohne Hektik ab.

Hier die einzelnen Passagen (aus heutiger Sicht eher teils lustig, aus damaliger Sicht eher weniger):

- Es regnete in Strömen, der Sturm peitschte den Regen fast waagerecht über das Schiff, Blitze und Donner begleiteten das Ganze unangenehm.

- Felice bekam den Auftrag an das Steuer zu gehen und auf seine Aussage „Ich weiß doch überhaupt nicht was ich machen soll", kam Gerhards eiskalte und trockene Antwort „Musst du auch nicht, du musst nur das Steuerrad halten, das Schiff fährt mit dem Autopiloten immer im Kreis". Machte er.

- Wir zogen in aller Ruhe unsere wetterfeste Kleidung an, während unser Felice stoisch im Kreis herum fuhr. Crewmitglied Rosemarie war bis zu diesem Zeitpunkt von allen Aufgaben befreit und wartete schon gespannt auf ihren Einsatzbefehl.

- Wir waren uns einig, wir müssen irgendwie ankern, alles andere wäre bei diesem Wetter in der Nacht kompletter Unsinn. Nur was, wenn es nicht funktioniert? Den berühmten Plan B, der zu unserem Grundsatz gehört, den legten wir erstmal beiseite und hofften auf einen Ankerplatz.

- Elke platzierte sich am Bug, in der Hoffnung, dass uns der Gott der Blitze eine Zeitlang verschonen möge. Jetzt bekam Rosemarie ihren Einsatzbefehl, platzierte sich in der Mitte des Schiffes gewissermaßen als lebender Umsetzer für die

Kommunikation zwischen mir am Steuer und Elke am Ankerkasten.

- 30 Meter, 27 Meter, 22 Meter – ja wird denn das nicht weniger? Doch, jetzt – 20 Meter, 19 Meter. Nein, es kann nicht sein, wieder 24 Meter, 25 Meter. Wir haben wohl 60 Meter 10 mm Kette, aber das erschien mir nun doch etwas zu tief. Also, weiter suchen, kreisen, kreisen, kreisen. Man darf die Hoffnung eben nicht aufgeben – 18 Meter, 18 Meter, 18 Meter. „Elke, fertig machen zum Ankern". Der menschliche Umsetzer in der Mitte gab den Befehl weiter. „Anker runter". Umsetzer meldet „40 Meter Kette". Der Wind zog uns passgenau in die richtige Richtung. „Nochmal 10 Meter", meldete der Umsetzer, sorry die Umsetzerin natürlich, Rosemarie nach vorne und „50 Meter sind drin", meldete sie zurück. Der Speedo ging auf Null, das Eisen hielt. Zur Sicherheit noch den Rückwärtsgang mit 1500 Touren rein und das Ganze einige Minuten lang. Das Ding hielt, also nochmal 5 Meter runter 3 x 18 = 54, wir hatten 55 Meter Kette versenkt, also zumindest die Mindestlänge von 3 x Wassertiefe erreicht.

- Gut gemacht Elke, super. Sie ist ohnehin die wohl beste Ankerfrau, die es gibt. Wir verstehen uns auch ohne Kommando. Bei diesem Sturm war der Umsetzer, sorry schon wieder vergessen, die Umsetzerin, aber Gold wert.

- Die Zeit von 2 Uhr bis 6 Uhr verlief problemlos. Felice und ich wachten außen, Elke und Rosemarie nahmen im Wechsel eine Mütze Schlaf und kochten ab und zu etwas Kaffee. Das Wetter beruhigte sich zum Glück gegen 4 Uhr und das Gewitter verschonte uns.

- Am nächsten Morgen fuhren wir zu unserem Nachbarn, um etwaige Schäden an seinem Schiff zu klären. Es war zum Glück nichts beschädigt. Sein Anker hatte unsere hintere Relingstütze getroffen und diese etwas verbogen. Sonst war absolut nichts passiert.

- Sonst, ist gut, denn wenn diese Yacht, sie gehörte einem sehr freundlichen Italiener, nicht genau an diesem Fleck gewesen wäre, wären wir ruckzuck an der steinige Ufer getrieben und dann.....besser nicht darüber nachdenken. Viel hat nicht gefehlt. Wir verabschiedeten uns von ihm mit einem großen Dankeschön für sein „Start your engine." und es wird sicher auch ihm zu denken geben. Eine Boje ist und bleibt eine Gefahr bei starken Winden, wenn nicht sicher ist, dass ihre Verankerung am Grund einwandfrei ist.

- Felice wurde noch am selben Abend zum Maat befördert, Rosemarie zur Deckshelferin. Jetzt konnte nichts mehr passieren.

- Der kommende Abend wurde am eigenen Anker auf bestem Ankergrund ausreichend begossen, natürlich mit Begleitgesäusel vom Blonden Hans „auf der Reeperbahn nachts um halbeins…" Es wurde eine sehr lange Nacht.

Wir jedenfalls haben aus dieser Situation viel gelernt und meiden Bojen, die sehr nahe am Ufer liegen, wenn es irgendwie geht. Außerdem tauche ich, wenn es von der Wassertiefe her möglich ist, den Bojenblock ab und kontrolliere die Befestigung. Manche Blöcke sind umgekippt, was von Skippern kommt, die meinen, mit einer viel zu schweren Yacht die Festigkeit der Verankerung zu prüfen, indem sie voll auf Rückwärtsfahrt gehen. Hat der Block einen Kettenvorlauf, wird nicht viel passieren, hat er nur eine Leine, wird diese irgendwann durchscheuern – und dann ist es eben soweit. „Bojenwache" ist bei uns jedenfalls bei entsprechenden Winden, ebenso obligatorisch wie „Ankerwache". Mein Grundsatz: „Traue keiner Boje, wenn du sie nicht kontrollieren kannst".

Zugegeben, eine intakte Boje hat gegenüber dem Ankern den großen Vorteil, dass man bei ruhigem Wetter entspannt von Bord gehen kann ohne Angst zu haben, dass ein anderer den Anker „hebt". Schön wäre es halt, wenn so manche Bojenbetreiber ihre Dinger auch regelmäßig kontrollieren würden und Yachten mit viel zu viel Gewicht nicht daran festmachen ließen. Aber, Länge bringt Kohle.

Wir kennen aber auch viele Bojenbetreiber, deren Bojen stets in gutem Zustand sind – mit kräftigen Tauen, guten Festmacherringen unter der Boje, gut greifbaren Ringen am oberen Ende, ausreichend lange Befestigungen zum problemlosen Anheben der Boje, stabilen Ketten am Bojenblock und immer einem wachsamen Auge auf die durchgeführten Bojenleinen der Yachties. Wir haben es auch schon erlebt, dass Yachties darauf hingewiesen wurden, eine zweite Bojenleine, was ja zum Standard gehört, durchzuführen. Einmal fuhr sogar der Bojenbetreiber die Yachten ab und informierte sie über eine drohende kräftige Bora, damit die Verantwortlichen auf den Yachten ihre Bojenleinen kontrollieren. So sollte und müsste es sein. Dann würden vermeidbare Unfälle im Ansatz verhindert.

Segeln ist mehr als Meer
Nein, ich will gar nicht um die ganze Welt

Meine Erlebnisse richten sich an alle, die das Meer lieben, die auf dem Wasser reisen wollen und denen es Spaß macht, kleinere Herausforderungen auf sich zu nehmen. Naturverbunden und unternehmungslustig solltest du auch sein. Fahrtensegeln heißt für mich unterwegs zu sein und nicht um jeden Preis schnell ankommen. Diese Lebensart ist eine der letzten Freiheiten unserer Tage. Am Anfang bin ich mitgeschleppt worden und später hat die Freude am Segeln und dem einfachen Leben an Bord auch mich gepackt.

Elke Clemenz, 2013, BoD-Verlag
ISBN Print   9783848226368
ISBN Ebook   9783848246496

Ahoi kleine Seemöwe - komm an Bord zu den Piraten

In diesem Kinder-buch will Elke ihre Begeisterung am Segeln und am Meer an Kinder weitergeben. Aber nicht in einem trockenen Lehrbuch für zukünftige Segler und Seglerinnen, sondern verpackt in eine Geschichte mit Piratenromantik.

Elke Clemenz, 2. Aufl. 2017, BoD- Verlag
ISBN Print   9783743195418
ISBN E-Book   9783743172340

Leinen los – Segel hoch
Poseidon wir kommen

Auf dem Albatros von Kroatien über Italien nach Griechenland

Elke beschreibt in lebendiger Art ihre Eindrücke, Erlebnisse und Erfahrungen ihres fünfmonatigen Törns auf eigenem Kiel, gemeinsam mit Gerhard, ihrem „Mann für alle Fälle an Bord". Nicht die Geschwindigkeit ist ihr Ziel, sondern „unterwegs zu sein". Und darum stört sie auch ein wetterbedingter Aufenthalt in einem Hafen überhaupt nicht. Vieles hätte man ohne diesen Stopp nicht entdeckt und gesehen. Sicherheit geht vor, immer einen Plan B in der Tasche, Achtung der Natur, der Kulturen und Respekt vor dem Wetter stehen ganz oben auf der Agenda. Und so mancher wertvoller Tipp ist auch mit dabei.

Elke Clemenz, 2. Auflage 2021 - BoD-Verlag
ISBN Print   9783752673456
ISBN Ebook   9783752638523

Unser heißer Tipp für „etwas oder sogar etwas mehr" aktive Yachties, die etwas mehr erleben wollen als nur die Boje, die Marina oder den Kai in einem Stadthafen. Auch ein wetterbedingter Zwangsaufenthalt kann seine Reize haben. Hier ist für jede/n etwas dabei – vom Spaziergang bis zur echten Wanderung.

122 verlockende Ziele von der Kvarner Bucht bis Cavtat in der Konavle.

Elke und Gerhard Clemenz
5. Auflage 2021 – BoD Verlag
ISBN Print   9783751993562
ISBN Ebook   9783752619584

Weitere Informationen und eine Bildauswahl finden Sie in unserer kleinen Homepage **www.elke-und-gerhard.com**

Der Autor

Gerhard ist alles andere als ein klassischer Seemann. Nein, er ist eine Art Mischung aus Seebär und Gamsbock weil ihn das Segeln alleine nie genügen würde und er eigentlich Alpinist ist. Auf Freizeitbooten ist er bereits seit seiner frühesten Kindheit unterwegs und Segeln lernte er wie ein Kind das Laufen. Die Kombination Segeln + Berge sind seine Spielwiese, Fahrtensegeln nach dem Motto „unterwegs sein und nicht unbedingt schnell ankommen" seine Grundeinstellung. Hohe Achtung der Natur in allen Formen, ihrer Gewalten und kein blindes Vertrauen auf die Technik und das Material, dazu immer einen Plan B in der Tasche und möglichst nichts dem Zufall überlassen. Die Besatzung seines bzw. ihres Albatros besteht aus zwei Personen, seiner Frau Elke und ihm. Genügt. Schreiben und Fotografieren sind eine seiner Leidenschaften. Das Ergebnis sind diverse Bücher von ihm, von Elke und gemeinsame, sowie die dazu passenden Vorträge. Sie entstehen in den eher dunklen Monaten in der heimatlichen Schreib-Werk statt, weit weg vom Meer in schönster Mittelgebirgsland schaft

.